MARCO POLO

KÖLN

FÜR KÖLNER

BESTE STADT DER WELT!

Food und Feiertipps für alle Lebenslagen

2020

mit Insider Tipps

Inhalt

Ausgehen, Essen, Feiern für Kölner

ALLTAGSHELDEN VON MONTAG BIS FREITAG

WOCHENENDE – FEIERALARM!

WOCHENENDE – GANZ GEDIEGEN

UNTERWEGS MIT ...

FÜR WELCHEN HUNGER DARF'S WAS SEIN?

MEHR ALS NUR ESSEN!

€€€ Exklusive Adresse (goldene Kreditkarte mitnehmen!)

Egal ob Baden, Sauna, Wellness, Beauty oder gutes Essen:
Die Claudius Therme ist der perfekte Ort für einen Kurzurlaub in Köln.
Mal Auszeit vom Alltag?
www.claudius-therme.de

ALLTAGS-HELDEN VON MONTAG BIS FREITAG

FRÜH-STÜCK

... bitte einpacken, das Büro wartet nicht

RAUS AUS DEN FEDERN

Frühstück im Bett wird überbewertet. Den Beweis hierfür tritt das Saint Louis mit Panini, Bagles und Buns an, die wahlweise mit Tandoori Chicken oder Thunfischcurry belegt sind. Dazu gibt es hochwertigen Kaffee der Kölner Rösterei Heilandt und Kuhmilch direkt vom Bauernhof. Einem gelungenen Start in den Tag steht somit nicht mehr viel im Wege. Auch die Salat-Bar ist »to go«.

➔ SAINT LOUIS

Deutz | **www.saintlouisonline.de | Mo–Fr 8–19, Sa 9–18 Uhr | Deutzer Freiheit 89 | Tel. 0221 99 75 66 50**

KÖLSCHE KAFFEEBUD DE LUXE

An der Kaffeebud schütten sich die Kölner bekanntlich den »Kaffee in d'r Kopp«. Im Gustafson's Coffee sind dazu luxuriös kontaktfreudige drei mal drei Meter Platz. Freiberufler und andere Menschen mit Redebedarf tauschen bei vorzüglichem Kaffee, dicken Croissants und INSIDER TIPP umwerfend leckeren Focaccias Neuigkeiten aus. Im Sommer verdoppelt eine Bierbank vor der Tür das Sitzplatzangebot.

➔ GUSTAFSON'S COFFEE

Kwartier Latäng | **Mo–Fr 7.30–18, Sa 9–18, So 10–14, Uhr | Engelbertstr. 6 | Tel. 0179 9 44 32 88**

FRÜHSTÜCK MIT EINEM WIENER

Massenabfertigung in der Kettenbäckerei? Beschichtete Einwegbecher? So was gibt's hier zum Glück nicht! Und so ist das hübsche Vintage-Lokal zur Frühstückszeit immer voll. Die französische Flagueline kommt dem Foccacia recht nahe. Es gibt Herzhaftes wie Quiches oder Süßes wie Brownies, Cookies, Croissants. Wer es einfacher mag, nimmt ein Butterbrot in Pergamentpapier. Echt lecker: Espresso mit Sahne und Puderzucker. Das Rezept aus Wien heißt Einspänner, genauso wie das Café.

➔ EINSPÄNNER

Südstadt | **facebook: Einspänner | Mo–Fr 7–19, Sa 9–18, So 10–18 Uhr | Bonner Str. 13 | Tel. 0221 16 82 41 21**

SUPERFOOD UND TOLLER KAFFEE

Fette Sessel, minimalistische Barhocker und Hipster-Hirschgeweih – das Design passt zur Medienhochburg der alten Messehallen. Der Kaffee stammt hier aus Expertenhand oder, wie sie in Deutz selber sagen, von Coffee-Nerds. Dazu gibt's Superfood: Avocado-Zubereitungen, Beeren-Mischungen, leckere Stullen und Bananenbrot. Das ist besonders nachhaltig, denn es wird INSIDER TIPP aus Früchten gebacken, die der Großhandel nicht mehr verkaufen kann und die daher sonst im Müll gelandet wären.

➔ KAFFEE SAPIENS

Deutz | **www.kaffeesapiens.com | Mo–Fr 8–17.30 Uhr | Charles-de-Gaulle-Platz 1 | Tel. 0221 34 66 64 22**

Muss sein

Zeit für Brot? Immer!

DAS BESTE VOM BIO-BÄCKER

Zur Schau gestellte Handwerkskunst ist angesagt. Zwar fragen sich Kinder, warum der tätowierte Bäcker da hinter der Fensterscheibe den Teig mit bloßen Händen knetet. Und Kalorienbewusste schauen bei den vorzüglichen Zimtschnecken schnell weg. Doch chronisch besorgte Helikopter-Eltern freuen sich über ökologische Gütesiegel, und Veganer begeistern sich für den Agavendicksaft als Brotaufstrich. Eine schöne Alternative zum Einheitsbrei der Kettenbäcker.

➔ ZEIT FÜR BROT

Ehrenfeld | www.zeitfuerbrot.com | Mo–Fr 7–20, Sa 8–20, So 8–18 Uhr | Venloer Str. 202 | Tel. 0221 17074800

REH-KAFFEE

Eigentlich ist das Scheue Reh ja ein Club, wo man am frühen Morgen seinen letzten Drink kauft. Weil der Laden aber so zentral am Bahnhof West liegt, öffnet die findige Crew das Fenster des Biergartenbüdchens auch am frühen Morgen – mit frischem Personal. Seitdem gibt es auch den Reh-Kaffee »to go«.

➔ ZUM SCHEUEN REH

Belgisches Viertel | www.zum-scheuen-reh.de | Mo–Fr 6.30–11, sonst tgl. ab 17 Uhr | Hans-Böckler-Platz 2 | Tel. 0221 16897642

Antipasti

Im Teamwork verputzt!
Damit die Pasta von La
Teca auch noch passt

MITTAGS-TISCH

LETZTER SCHREI AUS HAWAII

Roher Fisch, Sushi-Reis, Gemüse und Saucen. Aus diesen Zutaten bereitet der Hawaiianer sein Nationalgericht zu. Auch in Deutschland rückt Poké immer mehr in den Blickpunkt. Nun versucht sich mit Mirko Gaul ein Sternekoch an der Spezialität, die stets in der »Bowl« (Schüssel) daherkommt. Der Chef des Taku bietet bewährte Kombinationen an, Besucher aber können auch ihr eigenes Gericht kombinieren.

➔ POKE MAKAI

City | **www.poke-makai.de** | **Mo–Fr 11.30–20.30 Uhr** | **Marzellenstr. 12a** | **Tel. 0221 2703888**

GLÜCKSGEFÜHLE AUS VIETNAM

Sommerrollen gehen immer. Doch die schmackhaften Gebilde aus Reispapier, Mango, Kräutern und Entenfleisch sind nicht die einzigen Verführungen von der kleinen Speisekarte: Etwas ganz Feines, weil stets frisch und authentisch gewürzt, sind der Bananenblütensalat und die Bandnudelsuppe. Wer dazu den Zitronengras-Ingwer-Tee bestellt, kommt mühelos durch jeden noch so langen Tag.

➔ LU

Kwartier Latäng | **www.lokal-lu.de** | **tgl. 12–23, So 13–23 Uhr** | **Hohenstaufenring 21** | **Tel. 0221 54813457**

EIN PAAR LECKERE SPAGHETTI

Italienische Leckereien und französisches Flair. Beides lässt sich am Eifelplatz, wo Köln noch ein bisschen an die Glanzzeiten zum Anfang des 20. Jahrhunderts erinnert, ganz leicht miteinander kombinieren. Auf die einfachen Holztische kommen leckere Spaghetti mit Vongole (Muscheln), Gnocchi oder Bruschetta. Auch ein kleiner Nachtisch sollte noch drin sein, vielleicht eine Panacotta? Zum Abschluss dann ein Espresso – und der Rest des Arbeitstags geht wie von selbst vorbei.

➔ LA TECA

Südstadt | **www.lateca-koeln.de** | **Mo–Sa 10–24 Uhr** | **Eifelplatz 2** | **Tel. 0221 313485**

KLEINE SÜNDEN ZUM MITTAG

Keine Lust auf Einheitskost? Dann ab zur Heimatsünde. Hier kann sich der hungrige Büromensch an Suppen, Eintöpfen und wechselnden Hauptgerichten erfreuen. Zur Auswahl stehen sowohl vegetarische wie auch hemmungslos reichhaltige Kreationen mit dem Extraschuss Sahne. Eine Salattheke rundet das Mittagsglück ab. Wer es eilig hat, kann alles auch in umweltfreundlicher Verpackung ins Büro mitnehmen.

➔ **HEIMATSÜNDE**

Altstadt | www.heimatsuende.de | Mo–Fr 12–15 Uhr | Unter Kahlenhausen 27 | Tel. 0221 16822462

SCHNELLE KELLE

Bei jedem Besuch eine andere Leckerei. Dieses Versprechen löst ein kleines Bistro ein. Alle Gerichte (z. B. mit Mangold und Pilzen gefüllter Strudel) werden maximal eine Woche lang serviert. Dazu gibt es eine Tageskarte, auf der sich Kreationen wie Risotto mit Lauch und Roter Bete finden. Wer es eilig hat, kann telefonisch vorbestellen und die Speisen auf Wunsch mit ins Büro nehmen.

➔ **BOUSCHONG**

City | www.bouschong.de | Mo–Fr 10–17 Uhr | Weyerstr. 98 | Tel. 0221 16899037

GULASCHKANONE MIT DAUERFEUER

Noch schnell ein Happen vor einem langen Nachmittag? Dafür hat das rustikale Lokal seit Generationen ein bewährtes Rezept: Gulasch. Die Bestellung fällt leicht, denn es handelt sich um das einzige Gericht auf der Karte. Entsprechend schnell kommt die feurige Spezialität auf den Tisch. Eine Erfahrung, die süchtig macht. Wer nicht genug bekommen kann, bunkert das Gulasch in Dosen auch daheim.

➔ **PUSZTA-HÜTTE**

City | www.puszta-hütte.de | Mo–Sa 10–20 Uhr | Fleischmengergasse 57 | Tel. 0221 239471

KLEIN, ABER FEIN – UND READY TO GO

Französische Lebensfreude mit einem Hauch kölscher Verrücktheit, so versteht dieses Duo seinen Dienst an der hungrigen Bevölkerung. Heißt im Klartext: hausgemachte Quiches, Tartes, Suppen und Salate auf die Faust oder zum Mitnehmen. Wer auf INSIDER TIPP glutenfreie Ernährung achtet, kann vorab entsprechende Gerichte bestellen.

➔ **FRAU MAASS & HERR SCHLIE**

City | www.maass-schlie.de | Mo–Fr 10–17 Uhr | Huhnsgasse 37 | Tel. 0177 3872188

GRÜN GEWINNT

Nagelneue Sneakers reichen heute nicht mehr zur Definition des Lifestyle. Auch frisches, gesundes und fair gehandeltes Essen gehört zwingend dazu. Wenn diese These zu Ihrer Lebensphilosophie zählt, sind Sie in dem kleinen Lokal gut aufgehoben. Salate, Wraps, Burritos und Bowls sind betont grün, dabei werden sie flott und mit einem Lächeln serviert. Auch Smoothies, edler Kaffee und ein verspieltes Retro-Ambiente gehören zum Gesamtpaket.

➔ **RICH 'N GREENS**

City | www.richngreens.de | Mo–So 11–21 Uhr (feiertags bis 17 Uhr) | Auf dem Berlich 9 | Tel. 0221 84 63 95 30

GROSSVÄTERLICHE GENUSSFREUDE

Am neuen Standort im ehemaligen Wein am Rhein hat sich Maximilian Lorenz zum zweiten Mal in Köln einen Stern erkocht. Unter eigenem Namen widmet er sich weiter der Spitzengastronomie. Mit Verweis auf seine Großväter ist das angrenzende Zweitlokal dem feierlichen Konsum von Wein gewidmet. Wer mittags hier ist, kommt in den Genuss eines INSIDER TIPP Business-Lunchs für 20 bis 30 Euro.

➔ **HEINZ HERMANN**

City | www.maximilianlorenz.de | Di–Fr 12–14, Di–Sa 18–22 Uhr | Johannisstr. 64 | Tel. 0221 37 99 91 93

WOHLFÜHLOASE IN MÜLHEIM

Wer zum Mittagessen hierher kommt, hat die Qual der Wahl: Focaccias, Bagels, Salate und Tagesgerichte – alles ist superlecker! Darüber hinaus wird auch noch das Frühstück bis 18 Uhr serviert. Ein Klassiker sind die Pancakes mit Ahornsirup. Sonntags kommt wie bei Großmuttern Braten mit Sauce auf den Tisch. Bei allen Speisen gilt: Bio ist Trumpf.

➔ CAFÉ JAKUBOWSKI

Mülheim | www.cafe-jakubowski.de | Mo–Fr 9–24, Sa 10–24, So 10–19 Uhr | Mülheimer Freiheit 54 | Tel. 0221 9 66 11 10

DAS BESTE AUS DER REGION

Das Gemüse stammt aus Bornheim, das Wild aus dem Siebengebirge. Da fühlt man sich sofort – genau – heimisch. Eigentümerin Gianna Gilgen möchte ihren Gästen mitten auf der geschäftigen Deutzer Freiheit eine Alternative zum Einheitsbrei der Ketten bieten. Gesund und gemütlich. Und die heißt: Selbstgemachtes an der Salatbar und Röstbrote.

➔ HEIMISCH

Deutz | www.heimisch.cafe | Mo–Fr 8–18.30, Sa, So 9–18 Uhr | Deutzer Freiheit 72–74 | Tel. 0221 16 83 85 63

MITTAGS-MARGARITA

Quereinsteiger gründen ein Start-up, lassen sich fernsehkompatibel von Christian Rach coachen – und bereichern die kulinarische Landschaft. Angefangen hat der Siegeszug des mexikanischen Fast Foods in Bonn. Seit 2016 werden nahrhafte Burritos und auch INSIDER TIPP Frozen Margaritas im Einmachglas im Industrie-Ambiente an der Aachener Straße serviert. Für das leichte Mittagessen wurde die Burrito-Bowl erfunden, in der Porzellan-Schüssel statt im Kohlehydrate-Mantel.

➔ BURRITO RICO

Belgisches Viertel | www.burritorico.com | Mo–Do 12–22.30, Sa, So 12–24, So 12–22 Uhr | Aachener Str. 5 | Tel. 0221 78 87 89 87

Light Lunch
Kann die mexikanische Küche auch: mit dem Bowl im Burrito Rico

KOFFEIN-SHOT

Ohne meinen Kaffee mach' ich nix mehr

KAFFEE ALS KUNSTFORM

Die Rohstoffe sind verschieden und die Röstverfahren unterschiedlich. Auch Brühmethoden können sich auf das Ergebnis auswirken. Wer dies verstanden hat, nähert sich dem Kaffee ganz anders und fängt an, zu experimentieren. Das macht in der puristischen Atmosphäre dieser Bar besonderen Spaß. Die Brühmethode können die Gäste wählen, ebenso ob sie den Haus-Espresso oder einen anderen probieren möchten. Auch die Süßwaren, seien es INSIDER TIPP Scones oder Pastéis de Nata, sind köstlich. Am Rande bemerkt, trifft dies auch auf die hausgemachte Limonade zu.

➔ ERNST KAFFEERÖSTER

Südstadt | www.ernst-kaffee.de | Mo–Fr 8.30–18, Sa 10–18, So 11–18 Uhr | Bonner Str. 56 | Tel. 0221 16823207

HOTSPOT FÜR KREATIVE

Ein schöner Altbau mit Kunst an den Wänden und einem großen Kronleuchter? Das ist richtig gemütlich. Weil Kaffee und Frühstück zuverlässig gut sind und das kleine Team immer ein Lächeln auf den Lippen hat, ist der Laden meist rappelvoll. Manchmal kommen Ehrenfelder Kreative vorbei, um ein Konzert zu geben. So ist das hier, im angesagtesten Stadtteil weit und breit.

➔ KAFFEEBUD

Ehrenfeld | www.kaffeebud.net | Mo, Di, Do, Fr 8–19, Sa, So 10–19 Uhr | Glasstr. 62 | Tel. 0221 96266257

KICK MIT WASSERGLAS

Kaffee ist eine Wissenschaft, und die Konkurrenz um die Krone der Barista ist groß. In diesem kleinen Lokal wird standesgemäß auf einem Tablett mit Wasserglas serviert. Das passende Süßgebäck italienischer Herkunft kann aus der Vitrine an der Bar dazu bestellt werden. Kurios: Wer nach dem Koffein-Kick in der Kolumbastraße noch nicht wach ist, kann gegenüber in den WDR-Arkaden in der Espresso-Bar nachlegen.

➔ ESPRESSO PERFETTO

City | **espressoperfetto.de | tgl. 8–19 Uhr | Kolumbastr. 8 | Tel. 0221 2 71 08 00**
City | **Mo–Sa 9–18.30 Uhr | Breite Str. 6–26 | Tel. 0221 25 38 33**

EINE BANDE MIT GUTEM GESCHMACK

Die Coffee Gang ist ein echter Lichtblick! Das Sortiment wechselt regelmäßig, damit es auch Espresso-Experten nicht langweilig wird. Dabei bürgt das Team für fair gehandelte Ware. Einige Sonderapparaturen für Brühvorgänge allerdings erinnern an das Arbeitsgerät, das aus der Serie »Breaking Bad« bekannt ist. Aber das passt schon fast wieder zur kunstvoll gezimmerten Einrichtung.

➔ THE COFFEE GANG

Kwartier Latäng | **www.thecoffeegang.de | Di–Fr 8–18, Sa 9.30–18, So 11–18 Uhr | Hohenstaufenring 19 | Tel. 0221 78 95 65 41**
Agnesviertel | **Di–Fr 8–18, Sa 9.30–18, Sa 11–18 Uhr | Neusser Str. 53**

INFUSION IM INDUSTRIEGEBIET

Die coolsten Cafés werden immer weiter an den Stadtrand gedrängt. So ist auch der hinterste Winkel von Ehrenfeld mit hervorragendem Kaffee versorgt – und das zu Preisen deutlich unter City-Niveau. Eine echte Bereicherung, auch weil die Einrichtung im »Shabby chic«-Stil zum Verweilen einlädt und die Snacks – Bagels wie in New York (!) – richtig lecker sind. Gut auch: die Thementage mit afrikanischen oder italienischen Spezialitäten.

➔ WOANDERS CAFÉ

Ehrenfeld | **facebook: Woanders Cafe | Mo–Fr 12–15, Sa, So 10–17 Uhr | Lichtstr. 64 | Tel. 0221 54 81 92 52**

KAFFEE-KNOW-HOW

In der Körnerstraße, wo Events wie die Passagen oder das Straßenfest für Menschenaufläufe sorgen, darf guter Kaffee nicht fehlen. Wie man den zubereitet, wissen die Profis in der Rösterei Van Dyck, die inzwischen auch in Mülheim aufbrüht. Verwendet wird nur Bio-Kaffee aus fairem Handel. Wem zum geglückten Kaffee daheim noch eine INSIDER TIPP Barista-Schulung fehlt, der wende sich vertrauensvoll ans Personal.

➔ VAN DYCK RÖSTEREI

Ehrenfeld | **www.vandyckkaffee.de | Mo–Fr 9–19, Sa 9–18 Uhr | Körnerstr. 43 | Tel. 0221 29 83 35 52**
Mülheim | **Mo–Fr 9–16.30 Uhr | Schanzenstr. 36 | Tel. 0221 16 91 66 07**

Ausgezeichnet
Guter Ruf, guter Kaffee: bei Van Dyck in Ehrenfeld und Mülheim

AFTER-WORK-FUTTER

Selber kochen? Bin doch nicht blöd

JAHRGANGSSARDINEN AUS DER VITRINE

Nur die leckere Dijon-Senfsuppe und die Crème brûlée sind feste Größen auf der Speisekarte. Ansonsten bietet Martin Pradel in seinem Weinbistro, was die Jahreszeit und die Vitrine des Feinkostgeschäfts hergeben. Das können Dosensardinen sein, die als Zeichen der Wertschätzung wie ein guter Wein mit einer Jahrgangsbezeichnung versehen werden, oder auch eine Tortilla mit Chorizo (span. Paprikasalami) und Flammkuchen mit Safranschmand.

➔ PRADELS

Klettenberg | www.pradels.de | Di–Sa 11–23 Uhr | Gottesweg 157 | Tel. 0221 46 00 90 80

CEVICHE FÜR CHAMPIONS

Die peruanische Küche liegt schwer im Trend. Die Hauptstadt Lima gilt gar als globaler Hotspot für Gourmets. Höchste Zeit also, dass auch die Kölner ihren Feierabend mit modernen Fusion-Gerichten in ungezwungenem Ambiente genießen können. Ceviche-Variationen, Rinderherzspieße und frittierte Maniokbällchen mit hausgemachten Saucen kommen in Tapas-Größe zum Teilen auf den Tisch. INSIDER TIPP Der Pisco Sour ist der beste der Stadt.

➔ TIGERMILCH

Belgisches Viertel | www.tigermilch.kitchen | So–Do 18–23, Fr, Sa 18–1 Uhr | Brüsseler Str. 12 | Tel. 0221 75 98 58 21

DIREKT AN DER QUELLE

Feinkostläden, die das Kochen entdecken! Auch das ist ein Trend im kulinarischen Köln. Nirgends allerdings wird das so eindrucksvoll praktiziert wie am Hansaring. Die INSIDER TIPP *salsiccia* (Bratwurst mit Fenchel) ist im ganzen Viertel berühmt. Auch in Pasta-Gerichten hat sie bereits Furore gemacht. Die anderen Speisen überzeugen nicht weniger. Weil außerdem die Weine preiswert sind, spricht wenig dagegen, hier gelegentlich den Feierabend einzuläuten.

➔ LO SFIZIO

Eigelstein | Di–Fr 8–23, Sa 17–23 Uhr | Hansaring 149 | Tel. 0221 16 89 04 49

STIPPVISITE IN DER TOSKANA

Was kann einem trostlosen Tag im Büro noch eine positive Wendung geben? Richtig: ein schönes Glas Chianti, ein paar Scheiben Salami, würzige Käsehappen, dazu Pane und Prosciutto. All dies kombiniert das neue Lokal mit einer heimeligen Wohlfühlatmosphäre – und schließt damit zugleich eine Lücke in der Kyffhäuserstraße, die sonst mit wenigen Ausnahmen für Fast Food steht.

➔ CUMPANE

Kwartier Latäng | www.cumpane.koeln | Di–Do 17–0, Fr, Sa 15–3, So 17–23 Uhr | Kyffhäuserstr. 47 | Tel. 0176 37726070

SHARING IS CARING

Hauptgerichte waren gestern. Heute bevorzugt der Großstädter Tapas. Oder eben Mezze, wie das Wallczka seine internationalen Kleingerichte nach griechischem Vorbild nennt. Das Lokal sieht aus, als wäre es im Atelier von Edward Hopper entworfen worden – und mit Kreationen wie »Kimchi-Pfannkuchen mit Terijaki-Aubergine« oder »Kalbsfleischhackbällchen mit Thunfischsauce« hat es Anteil am Kölner Mezze-Hype. Frühstücksvariationen und Mittagstisch bürgen für volle Tische zu allen Tageszeiten.

➔ WALLCZKA

Neuehrenfeld | www.wallczka.de | tgl. 9.30–24, Fr, Sa bis 1 Uhr | Subbelrather Str. 295 | Tel. 0221 29842156

WEIN UND WELTSCHMERZ

Saudade, so der Name dieses Restaurants, ist die portugiesische Form des Weltschmerzes, einem Gemütszustand, den der Einzelne geradezu herbeisehnt. Die Portugiesen hier aber wirken gar nicht so melancholisch. Vielmehr präsentieren sie die unterschätzte kulinarische Lebensfreude ihres Landes. Zu einem offenen Roten aus dem Alentejo schmeckt hier *bacalao* (Stockfisch) besonders gut.

➔ SAUDADE

Ehrenfeld | www.wein-saudade.de | Di–Sa ab 18 Uhr | Wahlenstr. 2 | Tel. 0221 5796476

Holy smile!

Sie wollen auch so selig lächeln wie Maria? Auf ins Saudade!

Kreativ

Neue Woche, neue Karte: im Fink Nippes

SCHLEMMEREIEN AUS DER STEIERMARK

Wenn die Steiermark zu Tisch bittet, dürfen die Geschmacksnerven sich freuen. Auf den Tisch kommen Eifeler Kaninchenkeule oder Forelle auf steirische Art. Sonntags ist in dem gemütlichen Eckgasthof Schnitzeltag. Der Weinkeller von Sommelière Iris Giessauf ist auf Tropfen aus Deutschland und Österreich. 2018 wurde das Haus auf der Fachmesse Pro Wein vom Deutschen Weininstitut mit dem 1. Preis für »Allgemeine Weingastronomie« ausgezeichnet. Die Preise sind auffallend fair kalkuliert. Das könnte auch daran liegen, dass sich das Essers als Alltagslokal für jede Gelegenheit versteht: ein »Platzerl zum Genießen«.

➔ ESSERS GASTHAUS

Ehrenfeld | www.essers-gasthaus.de | tgl. Küche ab 18 Uhr | Ottostr. 72 | Tel. 0221 42 59 54

VIVE LA FRANCE!

Name und Konzept wechselten im ehemaligen Alteburger Hof zuletzt ähnlich häufig wie das Programm im nächstgelegenen Kino. Nun hat sich das aus der Bagatelle bekannte Betreiberpaar auf eine Brasserie nach französischem Vorbild festgelegt – ideal für einen leckeren Happen nach einem anstrengenden Tag. Hausspezialität ist ein deftiges Boeuf Bourguignon im Brötchen. **INSIDER TIPP** Die Ravioli kommen von der Kölner Manufaktur LouRiz. An ausgesuchten Tagen treten hier die Granden der kölschen Mundartmusik auf.

➔ BRASSERIE ALLER KOLÖR

Südstadt | allerkoloer.de | tgl. 17–1 Uhr | Alteburger Str. 15 | Tel. 0175 7 97 94 88

ECKLOKAL 2.0

Kleine Karte, großes Herz. Mit dieser Kombination hat sich das Lokal zu einem Favoriten des Veedels aufgeschwungen. Die Erbsensuppe kommt mit Dörrpflaumen und Bacon, die hausgemachten Spätzle mit Birnen-Chutney und Pilzen auf den Tisch. Weil die Speisekarte in dem liebenswerten Ecklokal jede Woche wechselt, kommt keine Langeweile auf.

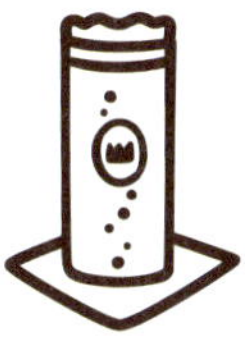

➔ FINK NIPPES

Nippes | **www.fink-nippes.de | Mi–Sa 16–24, So 13–24 Uhr | Siebachstr. 50 | Tel. 0221 78949989**

WIE AUF DEN STRASSEN SAIGONS

Street Food macht neuerdings gerne auf Restaurant. So auch diese Neueröffnung, deren Gerichte derart authentisch daherkommen, dass die tropische Einrichtung zur Betonung gar nicht nötig gewesen wäre. Sommerrollen und Pho sind eine Bank. Der Mangosalat schmeckt vorzüglich – und sogar exotische Burger gehören zum Sortiment. Ach ja: Auch die Drinks sind gut und die Preise sind klein.

➔ VIET VILLAGE – VIETNAMESE STREET FOOD

Kwartier Latäng | **vietvillage-koeln.de | Mo–Fr 11–23, Sa 12–23, So 13–23 Uhr | Hohenstaufenring 14 | Tel. 0221 16873320**

LAUBENFLAIR UND EIN HOCH AUF DEN DEUTSCHEN WEIN

Deutsche Weine sind klasse und haben auch oft ein gutes Preis-Leistungs-Verhältnis. Wenn Sie die Probe aufs Exempel machen möchten, sind Sie am Rathenauplatz genau richtig. Zum passenden Wein gibt es aus der Küche saisonale Spezialitäten wie Spargel oder Steinpilze. Und wenn es mal regnet vor dem Nachhauseweg, schaut der Chef, ob er noch einen Schirm entbehren kann. An lauen Sommerabenden gehört die INSIDER TIPP laubenartige Terrasse zu den schönsten Orten der Stadt.

➔ WEINSTUBE BACCHUS

Belgisches Viertel | **www.weinstubebacchus.de | Mo–Sa 18–24 Uhr | Rathenauplatz 17 | Tel. 0221 217986**

BESUCH AUF DER PELOPONNES

Die griechische Küche zeigt sich hierzulande nur selten von ihrer besten Seite. In Klettenberg ist das anders: Modern und leicht sind die Gerichte, die wahlweise in Tapas-Größe zum Teilen (»Mezedes«) oder als Hauptgang serviert werden. Auch die griechischen Weine sind spannend.

➔ SOPHIA'S

Klettenberg | **www.sophias-mezedes.de | tgl. außer Mi 17–23, So ab 12 Uhr | Luxemburger Str. 289 | Tel. 0221 16948824**

Nimm das, du lahmer Wochenstart!

DUELL DER DICHTER

Manchmal peinlich, oft erstaunlich gut – und immer witzig. Mit diesen Worten lässt sich jenes Phänomen beschreiben, das im Sonic Ballroom unter der etwas martialisch klingenden Dachmarke »Dichterkrieg« firmiert und in Wahrheit ein »Poetry Slam« ist. Ausgetragen wird er auf der lärmerprobten Bühne von Kölns finsterstem Club, den Sieger kürt das Publikum.

➔ SONIC BALLROOM

Ehrenfeld | www.sonic-ballroom.de | 1. Mo im Monat (20 Uhr, Eintritt 5 Euro) | Oskar-Jäger-Str. 190

KUNST GEGEN BARES

Vom Solotheater bis zu Kabarett ist montags im Artheater alles gestattet. Mit strengen Regeln: Publikum und Künstler müssen den Raum durch dieselbe Tür betreten. Eintritt kostet es nicht, doch für eine gute Performance gibt es Geld. Wer die größte Summe erwirtschaftet, wird zum »Kapitalistenschwein des Abends« gekürt. Die Erfinder Gerd Buurmann und Hildegart Scholten sind immer mit dabei.

➔ ARTHEATER

Ehrenfeld | www.artheater.de | Ehrenfeldgürtel 127 | jeden Montag 20 Uhr, sonst je nach Veranstaltung | Tel. 0221 5 50 99 60

FUCKIN' MONDAY

Endlich ist das Wochenende vorbei. Die Freude darüber ist im Kölner Uni-Viertel größer und nicht mehr ganz so erstaunlich, seit die Roonburg den Montag zum ersten Partytag der Woche erklärt hat. Ab 22 Uhr legen DJs auf. Wer in den vergangenen sieben Tagen Geburtstag hatte, sollte seinen Ausweis vorlegen, denn dann gibt's zur Belohnung eine Flasche INSIDER TIPP kostenlosen Prosecco.

➔ ROONBURG

Kwartier Latäng | www.roonburg.de | montags ab 22 Uhr, sonst Di ab 21, Mi, Fr, Sa ab 22 Uhr | Eintritt 5 Euro | Roonstr. 33 | Tel. 0221 2 40 37 19

DAMPFBAD UND DOMBLICK

Männliche Saunafreunde, aufgepasst: Spätestens, wenn die Damen in der Umkleide euch schief anschauen, haben die Kollegen am Eingang geschlafen: Am Montag sind im Agrippa-Bad sowohl die Aufguss-Sauna als auch das Dampfbad ganz den Damen vorbehalten. Kleiner Tipp, aber montags dann auch nur für Damen: Die Aussicht auf den Dom von der Dachterrasse ist top!

➔ DAMENSAUNA AGRIPPABAD

Südstadt | www.koelnbaeder.de | Sauna Mo–Fr 9–23, Sa, So bis 21 Uhr | ab 17,70 Euro | Kämmergasse 1 | Tel. 0221 2 79 17 30

PREACHING THE BLUES

Gerade in der dunklen Jahreszeit kann man montagabends leicht einen Blues bekommen. Warum dann nicht gleich einen echten? Im Blue Shell bittet der Kölner Musiker und DJ Bama J. Baumfeld an jedem ersten Montag im Monat zur Blues-Session. Die »Stormy Mondays« sind der heute in Deutschland kaum noch beachteten Musikrichtung gewidmet.

➔ STORMY MONDAYS, BLUE SHELL

Kwartier Latäng | www.blue-shell.de | tgl ab 23 Uhr, bei Veranstaltungen früher | Luxemburger Str. 32 | Tel. 0221 23 12 48

FEIERABEND-BIER

... das ham' wir uns verdient

FUNK ZUM FEIERABENDBIER

Auf gute Musik ist hier Verlass. Mal sind es Funk, Soul und Jazz, dann wieder klingt Hip-Hop alter Schule aus den Boxen. Das alles hat im Winter den Charakter einer soliden Spelunke. Im Sommer aber kann plötzlich Euphorie aufkommen. Dann werden die Rollos hochgezogen, und die Fenster gehen auf. Warnung für FC-Fans: Wann immer der HSV spielt, wird die Bar ein Zufluchtsort für Fans des ehemaligen »Bundesliga-Dinos«.

➔ **BOOGALOO**

Kwatier Latäng | **tgl. ab 19 Uhr** | **Roonstr. 19** | **Tel. 0177 7 84 48 58**

ENTSPANNUNG AM EIGELSTEIN

Stilsicher ausgesuchte Sounds zwischen Elektro und Retro ziehen seit Jahrzehnten ein gleichbleibend cooles Publikum an. Dunkles Holz, schummriges Licht und bequeme Polstermöbel sorgen für einen Wohlfühlfaktor, der den Aufbruch nach Hause fast unmöglich macht. Das Auge freut sich zudem über stets frische Blumen auf dem Tresen. Weil das Elektra auch in Sachen Drinks weit vorne liegt, hält es den Platz in den Top Ten der Kölner Bars mühelos.

➔ **ELEKTRA**

Eigelstein | **www.elektrabar.com** | **Mo–Sa ab 19 Uhr** | **Gereonswall 12–14** | **Tel. 0221 9 12 38 32**

AUF IN DIE UMNACHTUNG

Die Altstadt ist seit jeher die erste Adresse für einen finsteren Absturz. Dank dieser Neueröffnung können Sie sich nun auch an obskuren Craft-Bieren aus Polen, Kalifornien und Ehrenfeld laben. Wer dem Besäufnis eine akademische Note verleihen möchte, bucht ein sogenanntes Tasting, in dessen Rahmen die chemische Zusammensetzung der Gerstensäfte im Vordergrund steht (montags, 23,50 Euro).

➔ **DELIRIUM CAFÉ**

Altstadt | **www.deliriumcafe-koeln.de** | **Di–So ab 17 Uhr** | **Salzgasse 2–4** | **Tel. 0511 3 57 17 51**

Klassiker
Stilvoll ohne Klimmzüge, dazu gute Drinks: das Elektra am Eigelstein

GUTER GERSTENSAFT

Alternativen zu den gängigen Industriebieren müssen nicht zwangsläufig unter dem Label Craft-Beer laufen. Das beweist diese heimelige Kneipe in der Bismarckstraße – eine noch junge Bar im Belgischen Viertel. Die Betreiber verzichten auf verbalen Spökes und marktschreierische Parolen. Stattdessen schenken sie BierRaritäten mit Tradition aus, die nicht grade erst im Hobbykeller eines gelangweilten Familienvaters komponiert wurden. Prost!

➔ BIERCHEN

Belgisches Viertel | facebook: Bierchen Köln | Mo–Do 18–1, Fr, Sa bis 3 Uhr | Bismarckstr. 44

VERZÄLLCHER MIT FRISCHGEZAPFTEM

Wenn Sie nur einen Tag im Köln leben könnten, sollten Sie das hier tun. Dieses Brauhaus ist wie eine kleine Stadt – mit Hotel, feinem Restaurant (Hof 18), Gewölbekeller und Biergarten. Die Kellner sind ruppig, wie es sich in einem Brauhaus gehört. Zum frisch gezapften Kölsch aus dem Holzfass gibt's kölsches Grundlagenfutter wie z. B. einen »Halven Hahn« und auch üppigere regionale Küche.

➔ FRÜH AM DOM

Altstadt | www.frueh-am-dom.de | Mo–Fr 11–24, Sa, So ab 9 Uhr | Am Hof 12–18 | Tel. 0221 2613215

DER KULT UMS KÖLSCHE »K«

Kneipe, Küche, Kegelbahn – drei K-Wörter, die sich von den sonst üblichen – Kirche, Klüngel, Karneval – deutlich unterscheiden, machen die Anziehung aus, die diese Bar auf eine treue Fangemeinde ausübt. Hinzu kommen Schallplattenunterhaltung, günstiges Kölsch, nahrhafte Mahlzeiten und im Sommer auch noch ein breites Trottoir. Die INSIDER TIPP Kegelbahn ist schon ab 25 Euro für drei Stunden zu haben. Seltsam nur, dass man beim Namen des Lokals auf ein weiteres »K« verzichtete.

➔ QLOSTERSTÜFFJE

Ehrenfeld | **www.qloster.de** | **Mo–Sa ab 16 Uhr** | **Venloer Str. 221** | **Tel. 0221 17 91 91 30**

DJ-PARTYS UND SONNTAGSKRIMI IN IHREFELD

Die Entdeckung in der boomenden Ausgehszene von Ehrenfeld hat im Schatten des Helios-Turms aufgemacht und heißt Stapel.Bar. Tische und Stühle sind aus veredelten Euro-Paletten gemacht, Industrial-Chic pur! Beliebt sind die Cocktails und kostenlosen Snacks. Am Wochenende legen DJs auf, zum Ausklang des Sonntags ist der Krimi im öffentlich-rechtlichen Fernsehen angesagt.

➔ STAPEL.BAR

Ehrenfeld | **www.stapel.bar** | **tgl. ab 18 Uhr** | **Heliosstr. 35–39** | **Reservierung nur online**

Neuland
Die Mixer im Suderman hauen immer wieder etwas Neues raus

STADION IM WOHNZIMMER

Ein Wohlfühlort für alle Fans des britischen Schriftstellers Nick Hornby (»Fever Pitch«), denn hier wird Fußball gelebt. Bei Großturnieren in der warmen Jahreszeit stehen tribünenartige Konstrukte auf dem Trottoir. Und wenn kein Spiel läuft, wartet ein Tischfußballgerät auf fachgerechte Verwendung. Weil neben der gepflegten Beschallung abseits aller Bierseligkeit auch die Weinauswahl überzeugt, handelt es sich um einen Ort auch für spielfreie Tage.

GOTTES GRÜNE WIESE

Belgisches Viertel | **www.gottesgruenewiese.de** | **Mo–Mi 18–2, Fr 18–5, Sa 14.30–5, So 15–1 Uhr** | **Bismarckstr. 53**

LIEBLING DER LOKAL-PROMINENZ

Glaubhaften Berichten zufolge wurde hier einst auf dem Fußboden ein Beleg über einen Salat, vier Ehrenfelder und 100 Kölsch gefunden. Das verrät einiges über die Qualität des ausgeschenkten Biers (Päffgen)! Aber auch die Küche des nicht allzu großen, mit dunklem Holz verkleideten Brauhauses ist höchst solide: Sowohl Bratwurst als auch INSIDER TIPP Sauerbraten vom Pferd haben auch schon Lokalprominenz begeistert. Tischreservierungen sind nur für die Zeit bis 18 Uhr möglich!

MAX STARK

Agnesviertel | **www.max-stark.de** | **tgl. ab 11 Uhr** | **Unter Kahlenhausen 47** | **Tel. 0221 2 00 56 33**

BEST OF BELGISCHES VIERTEL

DJs mit exquisitem Geschmack, behagliche Bar-Atmosphäre, ein gekonnt gemischter Moscow Mule und beachtliche Weine. Alles zusammen macht den Pegel zu einer Lieblingsadresse für routinierte Barbesucher, zumal das lärmende Publikum von der Zülpicher und Aachener Straße den Weg hierhin eher selten findet. Schade nur, dass die Spiele des FC Schalke 04 nicht mehr live gezeigt werden.

PEGEL

Belgisches Viertel | **www.pegelkoeln.com** | **Mo–Sa ab 20 Uhr** | **Brüsseler Str. 10** | **Tel. 0173 5 16 50 10**

IM COCKTAILHIMMEL

Ein Geheimtipp ist in der Woche das Suderman, wo Sie immer noch einen Platz finden, wenn Sie Lust auf gute Cocktails haben. Die fähigen Barkeeper sind immer zur Stelle, während Sie sich bei diskretem Licht auf der Ledercouch fläzen und das Publikum auschecken. Manchmal gibt's dazu Musik von Vinylschallplatten. Echte Cocktailfans kennen Chef Dominique Simon schon aus der Engelbertstraße, wo er das Spirits betreibt.

SUDERMAN

Agnesviertel | **facebook: Sudermanbar** | **Di–Do 19–2, Fr, Sa bis 3 Uhr** | **Sudermanplatz 3** | **Tel. 0221 96 26 55 06**

COOLES KALK

Abseits der üblichen Ausgehviertel entspannt in den Abend starten – dazu ist diese Adresse perfekt, aber für den Absacker am Ende einer Kneipentour ist sie ebenfalls ideal. Die Musik bewegt sich zwischen Alternative, Reggae und Punk. Außerdem werden hier hausgemachte vegetarische und vegane Snacks serviert. Jeden zweiten Sonntag im Monat gibt es einen veganen Brunch.

TRASH CHIC

Kalk | **www.trash-chic.com** | **So–Do 16–1, Fr, Sa bis 2 Uhr** | **Wiersbergstr. 31** | **Tel. 0221 82 82 29 68**

Couch am Abend? Langweilig!

Runter vom Sofa – rein in die Stadt!

WEICHE LANDUNG

Lieber Beachvolleyball als Sofa? Kein Problem. Trommeln Sie Ihre Freunde zusammen und fahren Sie zum Rheinauhafen. Zwischen dem Kap und der Südbrücke breiten sich mehrere Felder aus. Zwar müssen Sie das Netz selber mitbringen, dafür aber ist der Spaß kostenlos. Es gilt das Prinzip: Wer zuerst da ist, spielt.

➔ BEACHVOLLEYBALL

Südstadt | Rheinauhafen, Agrippinaufer

KOSTENLOS INS MUSEUM

Sie waren noch nie im Stadtmuseum oder haben schon lange nicht mehr vor einem Picasso gestanden? Am »Kölntag« haben alle Kölner am ersten Donnerstag des Monats freien Eintritt in 23 städtische Museen. Dazu gibt's immer ein Programm, das neue Blickwinkel auf die Kunst und die Stadt eröffnet.

➔ KÖLNTAG

In ganz Köln | www.koeln.de | 1. Do des Monats 18–22 Uhr

KUNSTKINO

Manchmal darf es auch etwas anderes sein als immer nur Netflix-Serien. Für diesen Fall gibt es den Filmclub 813. Der befindet sich im Kölnischen Kunstverein und pflegt ein Programm, das sonst unterzugehen droht: Filme, die entweder gar nicht, schon lange nicht mehr oder nur sporadisch auf Kölner Leinwänden zu sehen waren. Das kann ein vergessener Western, aber auch ein französischer Filmhit sein.

➔ FILMCLUB 813 IN DER BRÜCKE

City | www.filmclub-813.de | mehrmals wöchentlich zw. 19 u. 20 Uhr | Hahnenstr. 6 | Tel. 0221 3 10 68 13

SICH MAL DURCHKNETEN LASSEN

Sie wollen nicht nach Hause, aber wissen nicht so recht, was Sie eigentlich machen möchten? Wie wäre es mit einer Massage? Im kleinen Studio Spa Chaba sind dafür Fachkräfte da, die ihr Handwerk in Bangkok gelernt haben. Nach 30 oder 60 Minuten Behandlung in unterschiedlichen Härtegraden fühlen Sie sich wie neugeboren. Zum Abschluss gibt's einen Tee.

➔ SPA CHABA

€€€ | Kwartier Latäng | Zülpicher Platz 3–5 | www.spachaba.de | Mo–So 10–21 Uhr (Terminabsprache erforderlich) | 60 Min. ab 39 Euro | Tel. 0221 45 33 81 50

FITNESS MIT GLEICHGESINNTEN

Sie kennen nicht genügend gute Strecken oder möchten nicht alleine durch den Grüngürtel joggen? Dann schließen Sie sich doch den Jogging-Guides eines Fachgeschäfts an. Sechsmal pro Woche begeben sich die Gruppen auf wechselnde Strecken. Das Tempo des Langsamsten ist entscheidend.

➔ RUN² LAUFTREFF

City | www.laufen-in-koeln.de | vor Runners Point, Dumont-Carré, Breite Str. 80 | Di 18.30 Uhr | ohne Anmeldung

Pfaffen
GRILL

WOCHENENDE – FEIERALARM

GRUNDLAGE SCHAFFEN

Keine Party auf leeren Magen!

HAWAII IM MEXIKANISCHEN GEWAND

Das Auge isst mit. Nicht zuletzt deshalb ist Poké zurzeit das große Ding in Köln. Die hawaiianischen Bowls sind hochgradig instagramtauglich, sehr lecker und noch dazu ziemlich gesund. Während sich die meisten anderen Lokale damit zufrieden geben, verfolgt dieses Restaurant den Fusion-Food-Gedanken konsequent zu Ende: Hausspezialität sind Poké-Burritos.

➔ **POKÉ BAY**

Südstadt | www.poke-bay.de | tgl. 11–22 Uhr | Ubierring 33 | Tel. 0221 58 00 67 77

SCHNELL SERVIERTES FAST FOOD DER LANGSAMEN ART

Serviert ist das Brioche mit Pulled Pork und Coleslaw schnell. Doch ehe das Fleisch alle Raucharomen aufgenommen und den Zustand maximaler Zartheit erreicht hat, vergehen 16 Stunden im Smoker. Das Ergebnis des aufwendigen Räucherverfahrens ist eine sehr schmackhafte und noch dazu sättigende Alternative zum ewig gleichförmigen Burger-Angebot. Und gut gehopfte Craft-Biere aus dem Land des Reinheitsgebots gibt der Kühlschrank auch her.

➔ **PIGBULL BBQ**

Belgisches Viertel | www.pig-bull-bbq.de | Di–Do 12–22, Fr 12–22.30, Sa 13–22.30, So 13–22 Uhr | Aachener Str. 51 | Tel. 0221 29 82 53 50

ERDROSSELTE PRIESTER

Sie möchten mit anderen ins Gespräch kommen? Das klappt bei diesem winzigen Italiener bestimmt, denn hier sitzen die Gäste Schulter an Schulter, um sich an originellen und nahrhaften Spezialitäten zu laben. Eine hervorragende Basis für einen feuchtfröhlichen Abend sind die Strozzapreti. Bei den »erdrosselten Priestern« handelt es sich um ein deftiges Nudelgericht mit Speck und Salsiccia (italienische Fenchelbratwurst).

➔ **ROSTICCERIA MASSIMO**

Südstadt | www.rosticceria-massimo.de | Mo–Fr 12–15, 17–23.30, Sa–So 17–23.30 Uhr | Alteburgerstr. 41 | Tel. 0221 348 96 01

Buona Sera
In der Rosticceria Massimo klappt's auch mit dem Tischnachbarn

DIE HOT-DOG-REVOLUTION

Der große Durchbruch als Edel-Fast-Food wurde dem Hot Dog seit einiger Zeit prognostiziert. Nun versuchen sich zwei Junggastronomen als Wegbereiter für den nächsten Hype, indem sie der veredelten Variante des Wurstbrötchens ein eigenes Restaurant widmen. Mit raffinierten Rezepturen, guten Beilagen, raren Craft-Bieren und Zutaten aus kontrolliertem Anbau. Vielleicht am wichtigsten: Das mit dekorativen Blumenarrangements und einer coolen Leuchtreklame ausgestattete Lokal an der Aachener Straße ist »very instagramable«.

➔ MAD DOGS

Belgisches Viertel | facebook: Maddogshotdog | tgl. 12–22, Fr, Sa bis 23 Uhr | Aachener Str. 14

EISBEIN ODER RHEINISCHER SAUERBRATEN

Haus Töller bezieht seine Hämmchen seit über 70 Jahren vom selben Metzger – und der hat in all den Jahren nichts an seiner Pökelmethode verändert. Für alle Immis unter den Kölnern: Hämmchen sind die kölnische Version des Eisbeins. Aus dem Fass fließt leckeres Päffgen Kölsch. Und wenn einem zum Auftakt eines langen Abends mal wieder nach rheinischem Sauerbraten zumute ist: Hier kommt das Fleisch noch vom Pferd, so wie es im traditionellen Rezept festgeschrieben ist.

➔ HAUS TÖLLER

Altstadt | www.haus-toeller.de | Mo–Sa ab 17 Uhr, Küche 17–22.30 Uhr | Weyerstr. 96 | Tel. 0221 2589316

MIT BIBIMBAB IN DIE NACHT

Endlich mal etwas anderes als Döner oder Burger vor der Club-Tour durch Ehrenfeld? Warum also keine koreanischen Tapas: Kaum ist die Landesküche mächtig im Aufwind, werden Bibimbab, Bulgogi und Konsorten auch schon in kleinen Portionen zum Teilen angeboten. Eine neue Erfahrung – und ein guter Auftakt für eine lange Nacht.

➔ ANJU

Ehrenfeld | Di–Fr 12–15 und 18–23, Sa 12–23, So 18–23 Uhr | Subbelrather Str. 269 | Tel. 0221 16 82 52 10

URBANER CHIC

Eine abgeklärte Bar mit exzellenten Cocktails und stilvollem Mobiliar? Das gab es in Ehrenfeld bislang noch nicht. Das hat Tobias Mintert geändert, der dem Partyvolk als langjähriger Betreiber der Barracuda Bar bekannt ist. Kommt in der Ausgehhochburg Ehrenfeld gut an!

➔ BAR ZWEI

Ehrenfeld | facebook: Bar Zwei | Mo–Mi 19–2, Do 19–3, Fr, Sa 19–4 Uhr | Venloer Str. 437 | Tel. 0173 3 93 53 31

SUPERLATIV AUS DEM STEINOFEN

Die beste Pizza der Stadt? Das müssen Sie in Ermangelung einer Fachjury wohl für sich selbst entscheiden. Wesentlich objektivere Maßstäbe können Sie bei der Wahl des größten Teigfladens italienischen Ursprungs anwenden. Und bevor Sie zu Tisch das Maßband herausholen: Diesbezüglich liegt dieser freundliche Italiener weit vorne. Ach ja: Sehr schmackhaft ist die im Steinofen zubereitete Pizza auch noch.

➔ TOSCANINI

Südstadt | www.toscanini.restaurant | So–Fr 12–15 u. tgl. 18–23 Uhr | Jakobstr. 22 | Tel. 0221 3 10 99 90

AUF DIE HAND

Sie sind spät dran, und nun ist die Zeit vor dem Feiern knapp? Dann ab zu Cheeseburger Eddy. Buns und Saucen bereitet die Küche täglich frisch zu, das Fleisch liefert ein handverlesener Metzger. Das hält in Kombination mit den Beilagen garantiert bis zum Frühstück vor, wann auch immer das stattfinden mag. Praktisch: Das Lokal geht in einen Italiener über, der nach ähnlichen Prinzipien einen anderen Appetit befriedigt.

➔ CHEESEBURGER EDDY

Lindenthal | www.cheeseburgereddy-palpine.com | tgl. 12–23 Uhr | Zülpicher Str. 184 | Tel. 0221 96 26 75 86

ESSEN WIE DIE HOLZFÄLLER

Poutine? Ja, Poutine! Das sind Pommes Frites, wie sie der Kanadier in der Provinz Quebec isst. In der Basisversion »Classic Quebec« heißt das: handgeschnittene Pommes mit Bratensauce und Mozzarella. Davon wird schon jeder Holzfäller satt. INSIDER TIPP Die Version mit Pulled Pork ist eine noch bessere Grundlage für eine lange Partynacht. Dazu gibt's natürlich ein IPA von der Crew Republic.

➔ FRITTENWERK

City | www.frittenwerk.com | Mo–Do 11.30–22, Fr, Sa bis 23, So, Fei 12–21 Uhr | Ehrenstr. 94 | Tel. 0221 97 17 43 69

Nimm das, Hunger!

Vom Mahl bei Cheeseburger Eddy können Sie ein Weilchen zehren

ANLAUF NEHMEN

... für die Nacht

POLNISCHER ANFANG

Der polnische Abgang ist ein bekanntes Phänomen. Aber warum nicht mal den Abend mit Spezialitäten aus unserem Nachbarland beginnen? Die verschiedenen Wodkasorten mit Hasel- oder Walnuss schmecken schließlich am besten, wenn die Geschmacksnerven noch nicht strapaziert sind. Aus dem Fass kommen Tyskie oder Zywiec – und auch die Piroggen sind eine Wucht.

➔ KAJTEK

Südstadt | Di–Do 20–1, Fr, Sa bis 4, So bis 23 Uhr | Im Ferkulum 10–14 | Tel. 0221 4 29 26 22

Auf den Abend! Und der kann lang werden bei dem Angebot im Craft Beer Corner

PRICKELNDE OUVERTÜRE

Cava? Ja, damit leitet der Spanier seinen Abend ein. Die kölnische Variante der Cava-Bar ist dem berühmten Lokal Can Paixano in Barcelona nachempfunden – und als einzige Bar in ganz Deutschland können Sie hier auch die Schaumweine Ramon Berenguer verkosten, die dort ausgeschenkt werden. Diese stammen vom Weingut Masia el Más. Wie in Katalonien kommen dazu leckere Tapas auf den Tisch.

➔ **LA BARRA**

Kwartier Latäng | www.la-barra.de | Mo–Do 17–23, Fr, Sa 17–1 Uhr | Barbarossaplatz 8 | Tel. 0221 4 23 22 03

WILD IN JEDER HINSICHT

Erst Quesadillas mit Schweinebraten essen, anschließend eine Frozen Margarita trinken und dabei die wild aus Tierfellmustern und Filmplakaten zusammengestellte Einrichtung auf sich wirken lassen! Nach einer Weile ersten zaghaften Rockabilly-Klängen lauschen. Und zu guter Letzt gepflegt abtanzen. So ungefähr sieht ein typischer Abend in dieser Bar aus, die sich selbst »Trash-Bar« bezeichnet, ohne sich damit auch nur annähernd selbst gerecht zu werden.

➔ **MONGOGO**

Südstadt | www.mongogo.de | Do–So ab 18 Uhr, Küche bis 22 Uhr | Severinswall 39 | Tel. 0221 30 14 07 95

AFFENGEILE AUSSICHT

Spektakuläre Ausblicke waren bislang in Kölner Bars eher rar. Das hat sich mit der Eröffnung des Hotels 25 Hours grundlegend geändert: Dazu gehört nämlich diese durchgestylte Bar mit Rundumterrasse und Domblick. Schon die Fahrt hinauf in Kölns coolstem Fahrstuhl ist ein Ereignis. Am besten kommen Sie früh, wenn es noch hell und leer ist. Der beste Drink ist dem Kölner Boxer Peter Müller alias »Dä Aap« gewidmet, dessen Name in der Monkey Bar wie Musik klingt: INSIDER TIPP Dä Aap Negroni mit Gin aus dem Haus Sünner.

➔ **MONKEY BAR**

City | www.monkeybarkoeln.de | So–Do 17–1, Fr, Sa bis 2 Uhr | Im Klapperhof 22–24 (im 25-Hours-Hotel The Circle) | Tel. 0221 16 25 35 80

NEUE BIERE BRAUCHT DAS LAND

Gute Nachrichten für alle Kölsch-Skeptiker: Köln hat nun endlich eigene Craft-Beer-Kneipen. In dieser hier fordern 15 Gerstensäfte aus dem Fass und rund 70 Flaschenbiere die Geschmacksnerven heraus, so lange der Abend noch jung ist. Wie wäre es etwa mit einem INSIDER TIPP Gurkenbier aus Kanada, einem dunklen Porter aus Estland oder einer Alkoholgranate mit 13 Prozent, mit denen Norweger für Heiterkeit sorgen? Doch keine Sorge: Die fünf Jungs, die das Lokal betreiben, bieten auch Kölsch an. Nur ist es bei ihnen nicht filtriert.

➔ **CRAFT BEER CORNER**

Altstadt | www.craftbeercorner.de | Mo–Do 18–24, Fr–Sa 17–1 Uhr | Martinstr. 32

DER CHAMPAGNER UNTER DEN BIEREN

Kölnischer kann der Start in die Nacht nicht ausfallen: Das Brauhaus ist in Familienbesitz und produziert im Hinterhof. Das heißt nicht, die Zeit wäre hier stehen geblieben: Braumeister Andree Vrana hat INSIDER TIPP ein »Feynbier« entwickelt, das wie Champagner in der Flasche reift. Auch sonst geht das Haus mit der Zeit: Im angrenzenden »Höhnerstall« (ja, er ist tatsächlich der Karnevalsband gewidmet) können Sie auch hochwertige Biere der Konkurrenz bestellen.

➔ MALZMÜHLE

Altstadt | **www.muehlenkoelsch.de | Mo–Do 11.30–24, Fr, Sa 11.30–1.30, So 11.30–23 Uhr | Heumarkt 6 | Tel. 0221 92 16 06 13**

SALON MIT PLATZ AN DER SONNE

Ein Sundowner auf dem breiten Bürgersteig? Oder doch lieber ein paar gepflegte Bierchen im Salon? Das Schmitz ist für jeden Anlass gerüstet, und der Redestoff wird gleich mitgeliefert. Entweder weil gerade ein paar sehenswerte Gestalten vorbeipromenieren oder weil die Kölner Schickeria hier den Abend einläutet.

➔ SALON SCHMITZ

Belgisches Viertel | **www.salonschmitz.com | So–Do 9–1 Uhr, Fr, Sa bis open end | Aachener Str. 28 | Tel. 0221 1 39 55 77**

EIN BÄR IN DER THEBÄERSTRASSE

Die einen wollen hoch hinaus. Die anderen bleiben lieber bodenständig. Zum Beispiel, indem sie einer eingeschworenen Anhängerschaft als gemütliches Zweitwohnzimmer dienen. Dazu gehören gut abgehangene Musik, leicht abgewohnte Sofas, altmodische Lampenschirme – und eine beachtliche Auswahl von 85 unterschiedlichen Gin-Tonics. Der beliebteste Drink ist eine eigene Kreation mit lokalpatriotischem Namen: INSIDER TIPP der Ehrenfeld Mule.

➔ THE BÄR

Ehrenfeld | **www.baehrenfeld.de | tgl. 20–2 Uhr | Thebäerstr. 10**

VERSTECKTE BOTSCHAFTEN

Pizza und Bier? Klingt nach einer stimmigen, aber rätselhafterweise kaum erprobten Kombination für ein deutsches Brauhaus. Vielleicht fremdeln die Kölner deshalb ein wenig mit der geräumigen Neueröffnung. Möglicherweise leuchtet ihnen aber auch nicht ein, was es mit einer Deutzer Botschaft in der Südstadt auf sich haben könnte. Zum Vorglühen aber taugen die fünf hauseigenen Gerstensäfte allemal, besonders lecker ist das Duex Red Ale. Ob sich das Konzept durchsetzt, werden wir sehen.

➔ BIRRERIA DUEXER BOTSCHAFT

Südstadt | **www.birreria-koeln.de | Mo–Do 12–0, Fr 12–1, Sa 17–1, So 12–23 Uhr | Am Weidenbach 24 | Tel. 0221 337 73 10**

CLUB-HOPPING

Lass sie raus, die Dancing Queen

GOING UNDERGROUND

Es ist fast immer rappelvoll. Das Studio 672 unter dem Stadtgarten steht für Subkultur pur. Aus den Boxen kommen keine Charthits, sondern in der Regel Dubstep, Drum'n'Bass, Reggae, Hip-Hop, Techno und House. Über die Stadtgrenzen hinaus bekannt: die elektrolastigen »Friday Nights« und die Dancehall- und Reggaeparty »Beat Down Babylon« (samstags). Auf der kleinen Bühne gibt es oft INSIDER TIPP spannende Live-Acts!

➔ STUDIO 672

Belgisches Viertel | www.stadtgarten.de | geöffnet je nach Event | Venloer Str. 40 | Tel. 0221 9 52 99 40

HOSENTRÄGER UND HIMBEEREN

Pompöse Cocktails und satte Bässe. Ins Glas kommt nur das Beste: mit Liebe und Leidenschaft ausgewählte Zutaten. Der Schwerpunkt liegt auf Gin und Schampus, mit denen sensationelle, kreative Drinks gemixt werden, serviert von gut aussehenden Kellnern in weißem Oberhemd, mit Fliege und Hosenträgern. Tipp: das Himbeer-Ingwer-Fizz auf Bombay-Sapphire-Basis.

➔ FRIESEN

City | www.friesen-bar.com | Di–Do 20–1, Fr, Sa 20–5 Uhr | Friesenstr. 41 | Tel. 0177 4 14 08 02

One-Hit-Wonder?

Im Gegenteil – das Studio 672 ist eine feste Größe in der Kölner Musiklandschaft

EIN JEDERMANNSFREUND

Von Hip-Hop über Indie bis zum Jazz sind hier alle Subkulturen heimisch. Sogar für Kölsche Tön ist manchmal Platz, neben Metal-Bands. Tritt keine Live-Band auf, sorgen DJs für Party-Stimmung. Mit Musik, die jedermann gefällt. Durch Crowdfunding – die Finanzierung von Gönnern – kam 2015 Familienzuwachs: der Schwesterclub YUCA (»Your Urban Club of Arts«) mit tanzbarer Elektronik und Konzerten aller Genres in einem genauso schönen Gewölbe.

➔ CLUB BAHNHOF EHRENFELD UND YUCA

Ehrenfeld | www.cbe-cologne.de | www.yuca.club | geöffnet je nach Veranstaltung | Bartholomäus-Schink-Str. 65–67 | Tel. 0221 29 19 95 30

ALLESKÖNNER

Club, Theater und Café gehen im ehemaligen Lager einer Feinkosthandlung eine extrem unterhaltsame Symbiose ein. Dienstags lauschen Jazzfans beim Jazz-o-Rama in gemütlicher Atmosphäre wechselnden Combos, ansonsten warten je nach Wochentag Partyreihen auf tanzwütige Gäste: Minimal Techno, Indierock, Old-School-Hip-Hop oder Elektro.

➔ ARTHEATER

Ehrenfeld | www.artheater.de | geöffnet je nach Event | Ehrenfeldgürtel 127 | Tel. 0221 5 50 99 60

CLUB-BASTION IM BELGISCHEN

Partyreihen wie NICE oder Dis Generation, DJ-Showcases und kleine Konzerte. Mit diesem Angebot stellt sich der Club der Verantwortung, einer der letzten seiner Art im Belgischen Viertel zu sein, die sich vom Mainstream an den Ringen unterscheiden. Das junge Publikum allerdings muss beim Einlass Geduld mitbringen und vermeldet zunehmend Schwierigkeiten mit unangenehmen Türstehern.

➔ REINEKE FUCHS

Belgisches Viertel | www.reineke-fuchs.com | Fr, Sa ab 23 Uhr, bei Veranstaltungen auch in der Woche ab 20 Uhr | Aachener Str. 50 | Tel. 0171 3 22 99 69

Heißer Scheiß

Das Heinz Gaul in Ehrenfeld galoppiert den Szene-Trends gerne mal voraus

INDIE IM INDUSTRIEGEBIET

Die Clubs werden immer weiter an den Stadtrand gedrängt, doch sie kapitulieren nicht. In Mülheim hat das zur Eröffnung einer Doppel-Location mit Potenzial geführt. Im Victoria gastieren neben etablierten Bands auch originelle Märkte, der kleinere Club Volta ist viel versprechenden Nachwuchsformationen vorbehalten. Bleibt zu hoffen, dass die Shows nicht irgendwann in Gummersbach oder Gemünd stattfinden.

➔ **CARLSWERK VICTORIA & CLUB VOLTA**

Mülheim | carlswerk-victoria.de | Schanzenstr. 6–20 | Tel. 0221 8 88 90 60

ECHTES IBIZA-FLAIR AUF DER ANDEREN RHEINSEITE

Wenn Sie sich gerne an ihre wilden Nächte auf Ibiza erinnern, ist dieser Club wie für Sie gemacht. Die Leser des tonangebenden DJ-Mag listen den Club auf Platz 11 der weltweit besten. Das liegt am Deutz-Mülheimer Industrieambiente, vor allem aber auch am abwechslungsreichen Event-Programm mit angesagten DJs. Von Sven Väth bis Ricardo Villalobos haben hier alle Großen der Branche schon an den Turntables gestanden und das Spektrum von innovativem Elektro bis zu deftigem Techno abgedeckt.

➔ **BOOTSHAUS**

Deutz | www.bootshaus.tv | Fr, Sa und vor Feiertagen oder bei Events ab 22 Uhr | Auenweg 173 | Tel. 0221 98 94 48 40

HIP UND TRENDY

Die richtige Größe. Mindestens zwei Floors. Außenflächen zum Abhängen. Immer auf der Höhe der neuesten Musiktrends. Und der Mut, selber neue Styles auszuprobieren. Mit dieser Mischung hat es der Club innerhalb weniger Jahre zu einem beachtlichen Status gebracht. Selbst in der Hauptstadt, so ist immer wieder von staunenden Berlinern zu hören, gibt es keine so trendige Adresse. Entsprechend weite Anreisen nehmen die Kenner der Szene in Kauf. Am besten sind die INSIDER TIPP Dubstep-Abende.

➔ **HEINZ GAUL**

Ehrenfeld | facebook: Heinzgaul197 | geöffnet nur bei Veranstaltungen | Vogelsangerstr. 197 | Tel. 0221 9 92 05 90

FÜR LEBENDE LEGENDEN

Für seine elektronische Musik ist Köln auf der ganzen Welt bekannt. Zu einem guten Teil ist das diesem stilvollen Club zu verdanken: Hier sind die DJs des Kompakt-Labels groß geworden. Bis heute gastieren klangvolle Namen aus der ganzen Welt. Vor einem angenehmen und dabei anspruchsvollen Publikum drehen dabei vor allem jene Sound-Tüftler an den Reglern, die es nicht auf die Massen abgesehen haben – oder deren Entdeckung erst noch bevorsteht.

➔ **GEWÖLBE**

Belgisches Viertel | www.gewoelbe.net | Fr, Sa ab 23.30 Uhr und bei Veranstaltungen | Hans-Böckler-Platz 2

SHABBY CHIC

Man renoviere einen alten Handwerksbetrieb, und der Rest kommt von selbst. So lautet zumindest in Ehrenfeld eine unverwüstliche Erfolgsformel. In diesem Fall hat ein dekorativ-abgerockter Club eine Heimat gefunden, der während der Woche mit geschmeidigen Beats und guten Drinks Wohnzimmeratmosphäre verbreitet. Am Wochenende sorgen DJs und Lichtinstallationen für Club-Ekstase. Und wer Hunger bekommt, findet an den INSIDER TIPP Street-Food-Karren im Hof immer wieder etwas Neues.

➔ BUMANN & SOHN

Ehrenfeld | **facebook: Bumann und Sohn | Mo–Mi 19–2, Do 19–3, Fr, Sa 18–5 Uhr | Bartholomäus-Schink-Str. 2 | Tel. 0221 99 87 86 59**

CHARME IN THE CITY, ABSEITS VOM MAINSTREAM

Betreiberin Kathrin Müller – alias Kitty Atomic – ist auf dem Weg zur Kölner DJ-Legende. Ihr Club hat so viel Stil und Charme, dass Sie hier immer wieder hingehen können. Vor allem, wenn Sie Funk, Sixties-Garage, Rockybilly, Soul, Hip-Hop oder eine sonstige Stilrichtung mögen, die abseits des Mainstreams liegt. Neben dem normalen Tanzprogramm gibt es auch Konzerte von künftigen Lieblingsbands, die heute noch keiner kennt.

➔ TSUNAMI CLUB

Südstadt | **www.tsunami-club.de | geöffnet je nach Veranstaltung | Im Ferkulum 9 | Tel. 0221 8 01 63 34**

POGO UND PUNKROCK

Punk, New Wave und Gitarrengeschrammel. Damit haben Musiker in den 1980er-Jahren eine Gegenkultur geschaffen. Der rebellische Geist lebt in der hintersten Ecke des Ehrenfelder Clublands fort. Mit billigem Astra für die St.-Pauli-Fraktion, der vom Aussterben bedrohten Tanzform des Pogo und lauten Konzerten. Nichts für Zartbesaitete. Aber ein unverzichtbarer Baustein des Kölner Nachtlebens.

➔ SONIC BALLROOM

Ehrenfeld | **www.sonic-ballroom.de | nur bei Veranstaltungen So–Do 20–2, Fr, Sa 20–5 Uhr | Oscar-Jäger-Str. 190**

BALLROOM AUS BESSEREN ZEITEN

Ein Ballroom wie im Berlin der frühen 1930er-Jahre mit Burleske und Tanz. Eine Konzertbühne für Freunde von Rockabilly oder Bebop. Und ein Dancefloor für den jazzlastigen Funk der 1970er-Jahre. All diese Lücken, die der Wandel der Zeit hinterlassen hat, möchte der Klub Berlin füllen und bietet satte Rottöne und passendes Mobiliar. Auch die Preise der Drinks erinnern an bessere Zeiten.

➔ KLUB BERLIN

Ehrenfeld | **www.klub-berlin.koeln | Mi–Sa ab 20 Uhr | Keplerstr. 4–6 | Tel. 0157 54 63 98 21**

HIP-HOP-KULTUR

Neues Leben an einer historischen Adresse. Was lange aussichtslos erschien, ist DJ Cem als Initiator der bewährten Partyreihe Beatpackers nun endlich gelungen. Wo früher im Rose Club Nirvana, Mudhoney und Konsorten auftraten, hat nach Jahren erfolgloser Bespielung nun die Hip-Hop-Kultur Einzug erhalten. Plötzlich bilden sich an der Türe wieder Schlangen

➔ VEEDEL CLUB

Kwartier Latäng | **facebook: Veedelclub | Do–Sa ab 23 Uhr | Luxemburger Str. 37**

Music was my first love

Lasst uns feiern, bis die Sonne aufgeht!

ES WERDE LICHT

Das Belgische Viertel wird immer teurer und schicker, und Sie haben genug davon? Dann ist das Ehrenfelder Industriegebiet der richtige Ort für Sie. Hier ist zurzeit alles in Bewegung. Und mit dem Helios 37 hat ein Club seine Pforten geöffnet, der INSIDER TIPP mit spektakulären Lichtinstallationen einen Kniefall vor der Vergangenheit des Geländes wagt, denn die Helios-Werke haben Glühlampen hergestellt. Aus den Boxen schallt Elektronisches.

➔ HELIOS 37

Ehrenfeld | facebook: Helios37 | geöffnet je nach Veranstaltung | Heliosstr. 37

KÖNIG DER CLUBSZENE

Inmitten eines alten Fabrikgeländes liegt dieser Musikclub, der mit seinem rauen Industrie-Flair und seinem mehrfach ausgezeichneten Programm seit vielen Jahren Scharen von Musikbegeisterten auf die ›Schäl Sick‹ lockt. Hier stehen nach der umfassenden Renovierung ab November 2019 wieder Legenden wie die Melvins auf der Bühne. Auch die Club-Nächte zwischen Balkan-Beats und Indie-Pop passen perfekt in das trashig-charmante Ambiente.

➔ GEBÄUDE 9

Mülheim | www.gebaeude9.de | geöffnet nur bei Veranstaltungen | Deutz-Mülheimer Str. 127

Mädels-tour

Heut bleiben die Kerle zuhause

Was wäre ein Tag mit den Mädels ohne Kosmetik und Design? Also ab zu Aesop. Die Australier unterhalten in Köln schließlich einen Flagship-Store, und zwar in einem entzückenden Nachkriegsbau. Soll es die Handcreme sein oder doch lieber das Body Scrub? Wer Zeit braucht: Im vierten Stock gibt es einen Raum zum Nachdenken.

❶ AESOP

City | Mo–Sa 11–19 Uhr | Pfeilstr. 45 | Tel. 0221 27 06 83 00

17.30 UHR

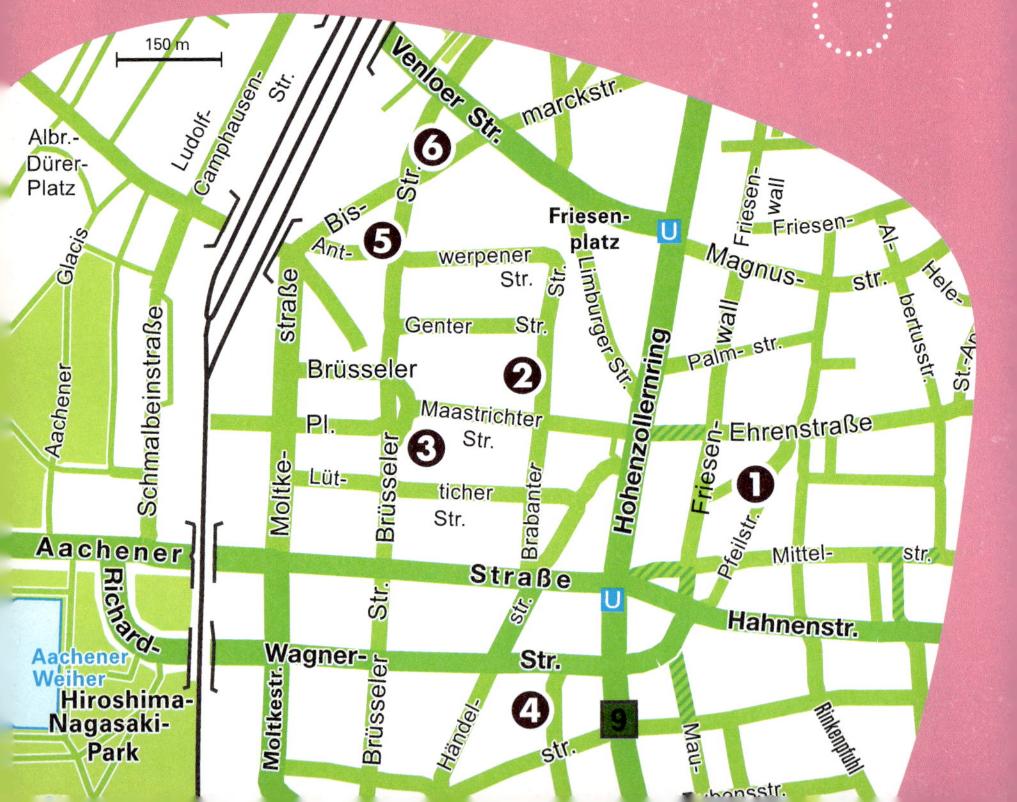

Jetzt noch schnell in die Boutique Belgique. Besitzerin Lena Terlutter hat eine Vorliebe für Weiß – und das sieht man nicht nur im cool designten Shop, sondern auch bei der Kollektion. Gut aber, dass es nicht nur Klamotten hier gibt, sondern auch Parfüms und Gadgets für die Handtasche. So lässt sich auch vor einer langen Nacht noch etwas kaufen.

2 BOUTIQUE BELGIQUE

Belgisches Viertel | www.boutique-belgique.de | Mo–Sa 11–20 Uhr | Brabanterstr. 27–29 | Tel. 0221 78 94 85 69

18.45 UHR

Der Abend ist jung. Doch es wird höchste Zeit für einen Drink – und für ein paar prüfende Blicke auf das Ausgehvolk. Die Ouzeria hält neben kretischem Wein und griechischen Mezze auch Premiumplätze auf dem Bürgersteig bereit, die zur Inspektion der Party People bestens taugen. Wärmende Decken gibt es bei Bedarf auch dazu.

3 OUZERIA

Belgisches Viertel | www.ouzeria-koeln.de | tgl. ab 17 Uhr | Brüsseler Str. 68 | Tel. 0221 51 39 98

19.45 UHR

Weiter geht's mit Cocktails. Die in der Engelbertstraße sind Weltklasse. Das Spirits ist nicht umsonst zur besten Bar Deutschlands gewählt worden. Die Barkeeper sind immer korrekt gekleidet und sie dürfen kreativ sein! Wie wäre es also mit einer »Bombay Cobra« oder einem »Sexy Elevator«? Was auch immer das für den Rest des Abends bedeutet.

4 SPIRITS

Kwartier Latäng | www.spiritsbar.de | Mo–Do 20–2, Fr, Sa 20–3 Uhr | Engelbertstr. 63 | Tel. 0221 20 53 80 44

21.30 UHR

Tagsüber ist hier Fußball das Thema. Doch wenn gerade niemand gegen den Ball tritt, kommt ihr euch vor wie in Prenzlauer Berg. Coole Musik, günstige Drinks, Leute mit guten Manieren! Im Sommer geht es auf dem Kreisel davor quirlig zu.

5 ZUM GOLDENEN SCHUSS

Belgisches Viertel | facebook: Zum goldenen Schuss | Mo–Do 19–2, Fr bis 4, Sa 14.30–4, So 14.30–23 Uhr | Antwerpener Str. 38 | Tel. 0221 99 87 86 59

23.30 UHR

Jetzt wird's Zeit zum Tanzen! Der Floor der Barracuda Bar ganz in der Nähe mag klein sein. Aber dafür ist das Publikum attraktiv. House geht immer. Und auch in Sachen Drinks sind keine Grenzen gesetzt. Nicht nur Bier, sondern auch Wein und Cocktails. Und in Sommernächten ist es kaum irgendwo so amüsant, draußen zu sitzen.

6 BARRACUDA BAR

Belgisches Viertel | facebook: Barracuda Bar | Di–Sa 20–6 Uhr | Bismarckstr. 44

1.00 UHR

Betrunken in Spelunken

Die dunkelsten Theken der Stadt

Wenn Kölner an Spelunken denken, dann fällt ihnen mit 98-prozentiger Wahrscheinlichkeit das Weinhaus Vogel ein. Nur hier am Eigelstein lebt noch das einstige »Klein-Chicago«. Das Publikum reicht vom Punkrocker außer Dienst bis zum pensionierten Boxer. Bier und Weine sind süffig, und das Personal erteilt kostenlose Nachhilfekurse in Schlagfertigkeit.

❶ WEINHAUS VOGEL

Eigelstein | www.gaffel.de | tgl. 10–24 Uhr | Eigelstein 74 | Tel. 0221 1 39 91 34

18.00 UHR

Nur ein paar Schritte weiter – der Stavenhof. Was sich heute als schöne Gasse präsentiert, war noch in den 70ern Kölns Sündenpfuhl. Das Anno Pief sollte hier die erste Kneipe mit Niveau werden und somit das Zeitalter nach der Prostitution einleiten. Obwohl noch relativ jung, macht das Haus seinem Namen alle Ehre.

❷ ANNO PIEF

Eigelstein | www.anno-pief.de | Di–Do 17–24, Fr 17–1, Sa 15–1 Uhr, So 15–20 Uhr | Im Stavenhof 8 | Tel. 0221 1 30 08 27

19.30 UHR

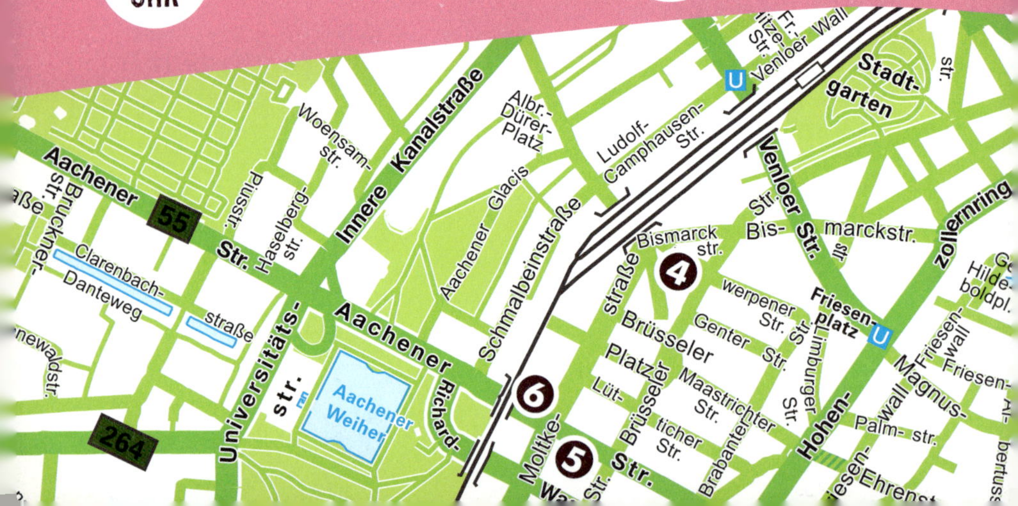

20.30 UHR

Wo wir schon bei Legenden sind: Auch die Weidengasse hat ihre eigene. In der ehrlichen Kneipe opfern sich vorwiegend männliche Stammkunden die Bierbestände (Kölsch, Pils, Guinness) so klein wie möglich zu halten; am liebsten zu kerniger Musik vergangener Zeiten und manchmal mit Fußball.

❸ DURST

Eigelstein | tgl. ab 20 Uhr | Weidengasse 87 | Tel. 0221 13 63 66

22.30 UHR

Punkrock-Bar. So nennt sich der Laden. Im Belgischen Viertel des Jahres 2017. Also nichts wie hin! In Wirklichkeit läuft hier viel Musik der 80er und 90er. Ab und an spielen auch Bands. Dabei klingt lange nicht alles nach »schneller, lauter, härter«. Bar und Publikum zeigen gern Haltung in wichtigen Fragen. Und die Drinks sind gut und nicht zu teuer.

❹ FRIEDA

Belgisches Viertel | www.frieda-bar.de | Mo–Do 19–3, Fr, Sa 20–5 Uhr | Antwerpener Str. 53

24.00 UHR

Tequila vom Fass, Opposition aus den Boxen und schlichte Hocker als Sitzgelegenheiten. Mit diesem Profil hat sich die Bar den selbst verliehenen Titel »Palast ewiger Jugend« redlich verdient. Tatsächlich sollte die Kneipe im Zeitalter der Gentrifizierung unter Artenschutz gestellt werden. Im Interesse aller Kölner.

❺ LOW BUDGET

Belgisches Viertel | facebook: Low Budget Köln | Mo–Sa ab 19 Uhr | Aachener Str. 47 | Tel. 0221 25 54 84

1.30 UHR

Wenn Sie denken, es kann nicht mehr weiter abwärts gehen, ist da immer noch das Subway. Das ist natürlich ausschließlich auf die Kellerlage zurückzuführen. Früher haben Jazzgrößen wie Dizzy Gillespie und Chet Baker dem Club den Status einer Legende verliehen. Heute bereitet das lustige Partyprogramm jedem Abend ein würdiges Ende.

❻ SUBWAY

Belgisches Viertel | www.subway-der-club.de | Do–Sa ab 23 Uhr | Aachener Str. 82–84

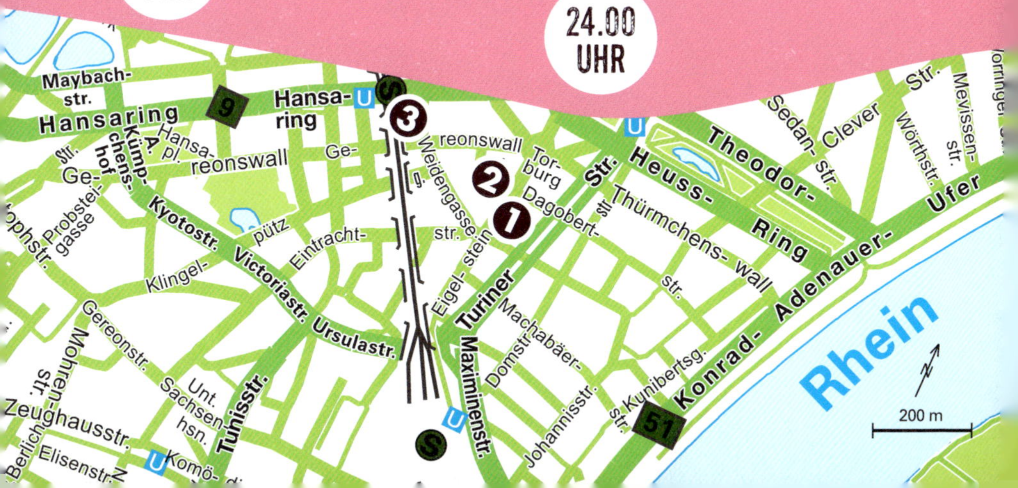

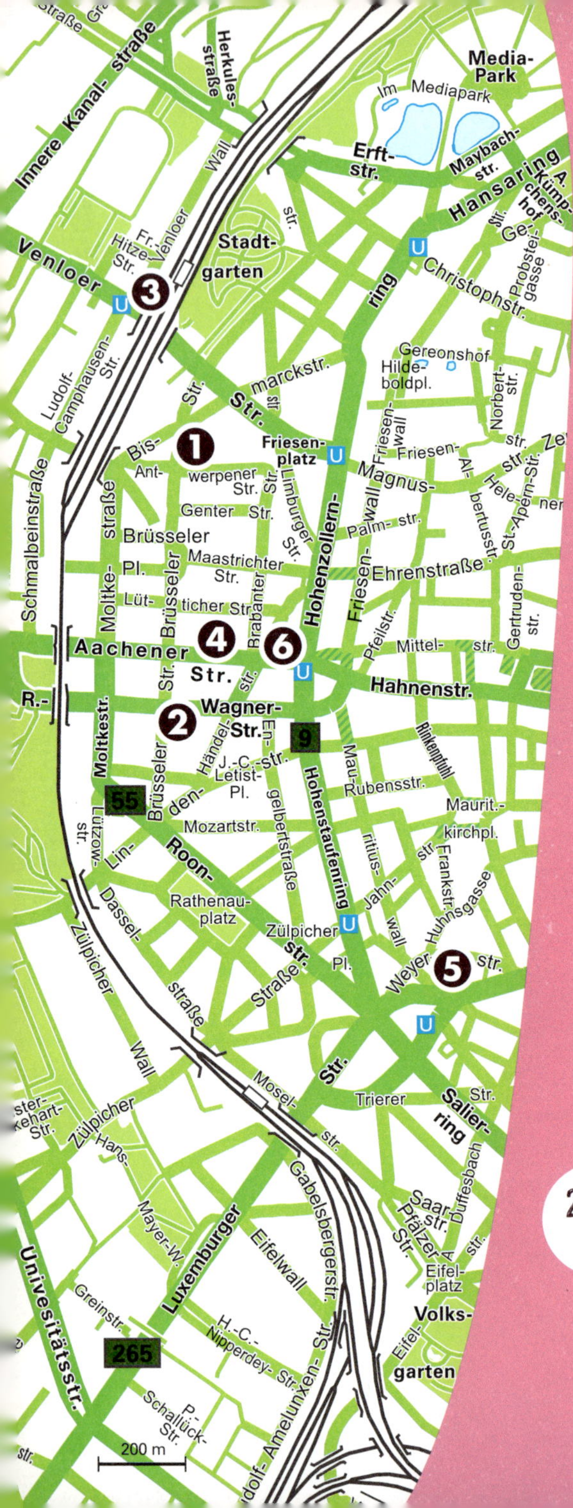

Vorglühen im Plattenladen, das ist ein echter Jungs-Traum. Gut also, dass die Renaissance der Vinyl-Schallplatten den Betreibern dieser Institution den Umzug in die vorderste Front ermöglicht hat. Hier können Sie in den üppigen Beständen nach Raritäten suchen oder einfach die Sammlung ergänzen. Wenn die Sympathie dabei auf Gegenseitigkeit beruht, lässt der Chef auch schon mal ein Bier springen.

❶ NUNK MUSIC

Belgisches Viertel | Antwerpener Str. 18 | Mo–Sa 11–19 Uhr | Tel. 0221 2 58 97 43

17.45 UHR

Ab jetzt werden im Reh die Beats immer lauter. Feine elektronische Sounds mit ein paar schrägen Tönen. Manchmal ein Hit zum Aufwärmen. Die Gespräche verlagern sich an die Bar oder in den Ganzjahresallwetterbiergarten. Der Laden wird immer voller – auch wegen der Clubber, die gleich ins benachbarte Gewölbe gehen.

❸ ZUM SCHEUEN REH

Belgisches Viertel www.zum-scheuen-reh.de | Mo–Do 17–2, Fr, Sa 17–5, So 15–24 Uhr | Hans-Böckler-Platz 2 | Tel. 0221 16 89 72 49

21.00 UHR

Beats & Bässe

Hier gibt's was auf die Ohren

19.30 UHR

Hier funktioniert das Zusammenleben verschiedener Charaktere unter einem Dach. Wohnzimmerecke, Camping-Anhänger, Hostel, Theater und Bar kommen gut miteinander aus. Vermutlich auch, weil sich die Musik wie ein Chamäleon ans Publikum anpasst. Mit etwas Glück beginnt gleich ein Konzert.

2 DIE WOHNGEMEINSCHAFT

Belgisches Viertel | www.die-wohngemeinschaft.net | So–Do 15–2, Fr, Sa bis 3 Uhr | Richard-Wagner-Str. 39 | Tel. 0221 98 59 30 90

23.00 UHR

Schnell auf die Aachener. Schauen, was im Coco Schmitz abgeht. Die stilsichere Kellerdisko passt am besten zu den glamourösen Funk-Sounds aus den 70ern. Aber der Kellerclub der Schmitz-Dynastie ist immer für eine Überraschung gut. Eine Etage drüber geht es bedächtiger zu. Gut für eine kleine Pause.

4 COCO SCHMITZ

Belgisches Viertel | www.salonschmitz.com/coco | Fr, Sa ab 22 Uhr | Aachener Str. 28 | Tel. 0221 92 29 95 94

1.30 UHR

Ein absolutes Unikum: Der Lebenssinn des Metronom sind seit 1968 ausschließlich Jazzschallplatten. Eine ganze Wand ist zugestellt mit Regalen, alles andere ist Nebensache. Die frischen Blumen auf dem Tresen, das wievielte Bierchen und auch, dass niemand hier zu Hause auf die Idee kommen würde, Jazz zu hören.

5 METRONOM

Kwartier Latäng | www.metronom.koeln | So–Do 20–1, Fr, Sa bis 3 Uhr | Weyerstr. 50 | Tel. 0221 21 34 65

3.15 UHR

Zum Schluss natürlich dahin, wo das Licht zuletzt ausgeht. Wobei: Nach seiner Selbstmodernisierung ist das Roxy natürlich nicht mehr der Ort, wo wirklich alle zu guter Letzt landen. Dafür laufen jetzt ziemlich gute Club-Sounds. Balkan, Funk, Latin, Hip-Hop – und immer wieder verlangt Elektronisches dem Körper alles ab, bis die Bettschwere einsetzt.

6 ROXY

Belgisches Viertel | www.roxykoeln.de | geöffnet je nach Veranstaltung | Aachener Str. 2

LIVE-CLUB IM KELLER

Schneller, lauter, härter. Auf dieses Fachgebiet hat sich der Club in der Zülpicher Straße spezialisiert. Das Konzertprogramm lässt neben Punk und Metal auch gelegentliche Ausflüge in die Genres Gothic und Rockybilly zu, was jedoch wenig daran ändert, dass Leder, Nietengürtel, Tollen und dunkle Schminke zu den favorisierten Modestatements gehören. Bei den Partys am Wochenende ist hingegen auch ein Indie-Publikum willkommen.

➔ MTC

Kwatier Latäng | **facebook: mtc cologne | geöffnet je nach Event und Fr, Sa ab 23 Uhr | Zülpicher Str. 10**

CLUBBEN WIE IN ALTEN ZEITEN

In besseren Zeiten waren Clubnächte eine intime und geheimnisvolle Angelegenheit ohne kommerzielle Hintergedanken. Am Ehrenfeldgürtel ist das bis heute der Fall: Wenn der bedächtige Tagesbetrieb Geschichte ist, öffnet das Café Franck seinen Keller für Diskjockeys und Clubber. Zu den Resident-DJs gehört der legendäre Hans Nieswandt, der gelegentlich Kumpels zum Auflegen mitbringt. Feste Institutionen sind zudem die Ladies-Night »30 Karat« und die Reihe »Vinyl und Schnaps«.

➔ CAFÉ FRANCK

Neuehrenfeld | **www.cafe-franck.de | Fr, Sa ab 19 Uhr (sonst Di–So 10–19 Uhr) | Eichendorffstr. 30 | Tel. 0221 7 16 72 10**

Stilvoll versumpfen

Und das bei gut gemixten Drinks – eine der leichtesten Übungen im King Georg

ABSACKER

Einer geht noch!

ZWEITES LEBEN FÜR DEN KÖNIG

Der König ist tot! Lang lebe der König! So sieht es wohl aus, wenn Kölns legendäre Club-Bar nach einer umfassenden Renovierung wieder die Türen öffnet und man mit der INSIDER TIPP besten Margarita außerhalb von Mexiko darauf anstößt. Während der Woche soll das schummrige Lokal Jazzmusikern überlassen werden, an den Wochenenden wird der verdienstvolle Jan Lankisch weiterhin Bands und DJs an den Sudermannplatz locken. oder dort wenigstens die Nacht.

➔ KING GEORG

Agnesviertel | www.kinggeorg.de | Do 22–3.30. Fr, Sa 22–5.40 Uhr, bei Veranstaltungen ab 20 Uhr | Sudermanstr. 2 | Tel. 0221 16 89 56 49

BLAU ZU GUTEM SOUND

Der Laden wirkt, als könnte jeden Moment der junge David Bowie mit seinem Kumpel Iggy vorbeischauen. Bei der Partyreihe »Lust for Life« haben die beiden Helden immerhin einen Anteil an der Beschallung. Ansonsten ist die blaue Höhle auch im vierten Jahrzehnt ihres Bestehens eine prima Anlaufstelle für intime Konzerte. Wenn ausnahmsweise nichts auf der Agenda steht, bleibt immer noch der Billardtisch.

➔ BLUE SHELL

Belgisches Viertel | www.blue-shell.de | tgl. ab 23 Uhr, bei Events ab 20 Uhr | Luxemburger Str. 32 | Tel. 0221 23 12 48

GROSSE GEFÜHLE

Erst scheint die Nacht eher ereignislos zu bleiben. Dann aber werden hintereinander die Beastie Boys und Blur gespielt. Und bei »Wonderwall« von Oasis fangen plötzlich alle an mitzusingen, bis zuverlässig um kurz vor fünf die Rollos heruntergelassen werden. Diese Achterbahn der Ausgehgefühle gibt es nur in dieser unscheinbaren Eckkneipe. Dafür kann man auch schon mal eine schmuddelige Toilette in Kauf nehmen.

➔ STEREO WONDERLAND

Kwartier Latäng | www.stereowonderland.com | tgl. außer So ab 21 Uhr | Trierer Str. 65

EIN DRINK AUF MICHAEL DOUGLAS

Als ›Bermudadreieck‹ sind Schaafenstraße und Marsilstein seit Generationen fest in der Hand der LGBT-Szene. Hier aber versteckt sich auch die wohl geschmackvollste der weniger bekannten Bars der Stadt: Mit straffem Design, wechselnden Ausstellungen und freundlichem Personal lockt die nach Michael Douglas benannte Bar Kunstkenner von nah und fern. Auch die Drinks sind gut. Nur Kölsch-Freunde werden nicht bedient – das finden die Betreiber zu folkloristisch.

MD BAR

City | md-cologne.blogspot.de | Di–Do 20.30–2, Fr, Sa bis 3 Uhr | Marsilstein 21–23 | Tel. 0221 34064669

WELTSCHMERZ, NOSTALGIE UND REALITÄT

Während der Woche verleitet das schlauchartige Lokal zu Nostalgie: Früher war es das Wohnzimmer der Spex-Redaktion, die sich mit Musikern und Künstlern über den Status Kölns als Hauptstadt der internationalen Kunstszene freuen konnte. So bleibt ein wenig Weltschmerz, aber der ist ja nicht die schlechteste Begleitung beim Versacken. Mittlerweile sind die Wände vom Putz befreit. Es gibt eine zweite Getränkeausgabe. Doch die Musik ist immer noch hip. An Wochenenden hingegen herrscht harte Realität; dann kommen Vorstädter mit Markenklamotten, und die Türsteher sind gnadenlos.

SIXPACK

Belgisches Viertel | tgl. ab 20 Uhr bis sehr spät | Aachener Str. 33

NIEMALS TROCKEN UND OPEN END

Sie haben für einen Moment den Bezug zur Zeit verloren und wollen immer weiter feiern, am liebsten bis in die frühen Morgenstunden? Auch das geht in Ehrenfeld! Am Wochenende sorgen DJs mit Reggae oder Rockabilly und mit Funk oder Ska für Stimmung. Während der Woche sind die Trinkfreuden bodenständiger Art. Kickerfans kommen auch auf ihre Kosten, und bei gutem Wetter schmeckt das Bier unter freiem Himmel noch mal so gut!

E.D.P. – EM DRÜGGE PITTER

Ehrenfeld | www.edp-ehrenfeld.de | Mo–Do 20–4.30, Fr, Sa 20 Uhr bis open end, So 21–2 Uhr | Venloer Str. 416 | Tel. 0221 16954328 90

WO DIE SÜDSTADT RICHTIG BEBT

Bei Astra und Fritz-Kola auf der großen Fußballleinwand Spiele des FC St. Pauli gucken – das funktioniert in Köln nirgendwo so gut wie hier. Wenn es gerade nicht darum geht, das Runde in das Eckige zu kriegen, punktet das Lotta mit einem ambitionierten Musikkonzept und einem feierfreudigen Publikum. Punk, Glamrock und Rock stehen ebenso auf dem Programm wie Ska, Rocksteady, Old-School-Hip-Hop und Reggae. Eine der wenigen yuppie-freien Zonen in der Südstadt!

LOTTA

Südstadt | www.lotta-koeln.de | So–Do 19–2, Fr, Sa 19–4 Uhr | Kartäuserwall 12 | Tel. 0221 3489383

FANTASIE IM GLAS

Das Shepheard gehört zu den Top-Bars der Stadt! Die Barkeeper schütteln zum Niederknien gute Cocktails aus dem Handgelenk. Die elegant eingerichtete Bar ist für originelle Eigenkreationen bekannt. Wundern Sie sich also nicht, wenn in Ihrem Glas etwa eine Makkaroni als Strohhalm steckt. Cocktailtipp: der preisgekrönte »Fjord for Fantasy«.

➔ SHEPHEARD

Kwartier Latäng | www.shepheard.de | Di–Sa 20–3 Uhr | Rathenauplatz 5 | Tel. 0221 3 31 09 94

TIERISCHES VERGNÜGEN

Underground-Hochkultur im rauen Teil von Ehrenfeld. Der Terminkalender umfasst Lesungen und Ausstellungen sowie musikalische Events. DJs wie die Urban Techno Cowboys, Pfeiffer und Suzi oder Diom legen Minimal, House oder Techno auf. Zur Musik wippen entspannte Mittdreißiger aus der Ehrenfelder Kreativszene mit den Köpfen. In die Hand bekommen sie wahlweise einen der täglich wechselnden Cocktails oder ein Zoo-Bier.

➔ ZOO

Ehrenfeld | www.zoo-schaenke.de | Mo–Sa ab 20 Uhr | Venloer Str. 434 | Tel. 0176 84 21 22 04

Alles drin

Musik statt Löwengebrüll, Cocktails statt Eis am Stiel: Im Zoo in Ehrenfeld haben vor allem große Kinder ihren Spaß

Schwein gehabt!

Das Ferkulum hat noch auf

Wo gibt's noch was zu essen?

HUNGER NACH MITTERNACHT

GYROS GALORE

Gyros mit Pommes? Ohne Pommes? Mit Krautsalat? Ohne Krautsalat? Mit Zaziki? Oder ohne? Damit sind die Variationsmöglichkeiten im Ferkulum auch schon fast ausgeschöpft. Hier gilt seit Jahrzehnten das Motto: »Und sei der Studi noch so klein, es passt doch noch ein Schwein hinein.« Das kommt an – je später, desto lieber.

➔ **FERKULUM**

Kwartier Latäng | Mo–Do 11–3, Fr, Sa 11–4 Uhr | Zülpicher Str. 37 | Tel. 0221 21 37 96

24/7 IN DER KEUPSTRASSE

Sie kommen gerade aus dem E-Werk oder dem Palladium? Oder Sie sind mitten in der Nacht auf der Suche nach einem leckeren Snack? In beiden Fällen schafft das Doy Doy Abhilfe. Das türkische Schnellrestaurant ist immer geöffnet – und die Gerichte bewegen sich über Imbiss-Niveau. Zum Ausnüchtern eignet sich das Restaurant auch, denn Alkohol gibt es hier nicht.

➔ **BÜYÜK HARRAN DOY DOY**

Mülheim | www.buyukharran-doydoy.de | rund um die Uhr | Keupstr. 40 | Tel. 0221 9 22 43 47

IMBISS-INSTITUTION

Sie möchten kulinarische Brauchtumspflege nach Mitternacht betreiben? In diesem Fall bietet sich die letzte aus alten Zeiten übrig gebliebene Institution im Hauptbahnhof an. Meister Bock serviert seit 1960 von der Knackwurst über die Currywurst bis zur Krakauer nichtvegetarische Gerichte. Geschlossen wird nur zur Reinigung und für wenige Stunden an Heiligabend.

➔ **MEISTER BOCK**

City | Trankgasse 11 (im Hauptbahnhof) | rund um die Uhr | keine Webseite | Tel. 0221 4 73 57 15

DEM POLDI SEIN DÖNER

Die Kölner haben viel für Lukas Podolski getan. Nun möchte der Fußballheld seinen Anhängern etwas zurückgeben: einen veredelten Döner mit hausgemachtem Brot und Fleisch von ausgesuchter Qualität – und das auch zu Uhrzeiten, wenn sich der Suff-Hunger von seiner erbarmungslosesten Seite zeigt. Oder schwebt »LP10« nur ein sicheres Alterseinkommen vor Augen?

MANGAL DÖNER

Südstadt | www.mangal-lp10.de | tgl. 11–2, Fr, Sa bis 4 Uhr | Bonner Str. 1

REZEPTE GEGEN DEN SUFF-HUNGER

Ein 300-Gramm-Steak um kurz vor 3 Uhr morgens? Das ist in diesem Restaurant kein ungewöhnlicher Wunsch: Seit 1974 serviert der Italiener am Ring bis fünf Minuten vor Schließung sättigende Gerichte gegen den Heißhunger nach durchzechter Nacht. Rippchen, Frikadellen, aber natürlich auch Spaghetti, Lasagne und Pizza.

LA STRADA

City | www.lastrada-Koeln.de | tgl. 12–2, Fr, Sa bis 5 Uhr | Hohenzollernring 13 | Tel. 0221 25 18 65

FALAFEL UND ZIMT-TEE

Frische Falafel-Sandwiches, schmackhafte Saucen, knackige Salate und immer gute Laune. Damit hat es der libanesische Imbiss zu riesiger Beliebtheit quer durch alle Bevölkerungsschichten gebracht. Davon abgesehen ist das bunt geflieste Lokal auch optisch nett. Und wer noch überlegt, welche süßen Leckereien zum Nachtisch in Frage kommen, erhält in der Zwischenzeit einen INSIDER TIPP kostenlosen Zimt-Tee. So wie im Übrigen auch alle anderen!

HABIBI

Kwartier Latäng | www.habibi-koeln.de | So–Do 11–1, Fr, Sa 11–3 Uhr | Zülpicher Str. 28 | Tel. 0221 271 71 41

Piep, piep, piep, Habibi haben alle lieb

KATER-FRÜHSTÜCK

Rollmops & Co machen wieder froh

BRITISCHE BLÄTTERTEIGDIÄT

Lindenthalexit? Okay, das klingt bescheuert. Aber es ändert nichts daran, dass die beiden ehemaligen Englischlehrer Dan und Paul ihr Lokal in Uninähe verlassen haben, um ihre aus Cornwall stammenden Teigwaren nun in Nippes feilzubieten. Die Backwaren sind mit herzhaften Leckereien gefüllt. Traditionell handelt es sich dabei um kräftig gewürztes Rindfleisch, Kartoffeln und eingelegte Zwiebeln. Danach macht das Leben wieder Sinn.

➔ THE TASTY PASTY COMPANY

Nippes | www.tasty-pasty.com | Mo–Sa 9–19, So 9.30–19 Uhr | Mauenheimer Str. 28 | Tel. 0221 71 56 84 99

DATE MIT RÜDIGER UND RENATE

Die Namen mancher Crêpes klingen schwer verdaulich. Doch auch »Norbert« , »Renate« oder »Rüdiger« schmecken ziemlich gut, wenn der Körper nach salzhaltiger Nahrung schreit. Davon abgesehen ist das Lokal deutlich charmanter, als es der Name vermuten lässt. Und Wagemutige wissen ohnehin, dass am Morgen nach einer langen Nacht nichts über ein Konterbier geht. Während der Woche treffen sich hier Studenten – mit oder ohne ihre Eltern.

➔ ENGELBÄT

Kwartier Latäng | www.engelbaet.de | Mo–Do 11–24, Fr, Sa 11–1, So 12–23 Uhr | Engelbertstr. 7 | Tel. 0221 24 69 14

BERUHIGEND FÜRS GEMÜT

Nach durchzechter Nacht sind Sie hungrig und reumütig zugleich? Da hilft ein Frühstück im beliebten Café Sehnsucht: Der French Toast wird in Bio-Ei gewendet, goldbraun gebraten und sowohl mit Bacon (gegen den Kater) als auch mit frischem Obst (für das Gewissen) serviert. Und das INSIDER TIPP täglich bis 15 Uhr. Wohnzimmeratmosphäre und Wintergarten sorgen für zusätzliches Wohlbehagen.

➔ CAFÉ SEHNSUCHT

Ehrenfeld | www.sehnsucht-koeln.de | So, Mo 9–23, Di–Do 9–24, Fr, Sa 9–2 Uhr | Körnerstr. 67 | Tel. 0221 52 83 47

WOCHEN-ENDE – GANZ GEDIEGEN

BRUNCH'N' BREAKFAST

Raus aus den Federn, ran ans Buffet

FAMILIENSINN

Brunch-Location für die ganze Familie: Sonntags sitzen hier mehrere Generationen an einem Tisch, Opa erfreut sich an Lachs mit Rührei, die Kids an dem Bastelangebot. Neben dem umfangreichen Buffet sind auch die Getränke im Preis von 19,50 Euro inbegriffen (Kinder von drei bis zehn Jahren essen für zehn Euro). Das ist ein so gutes Preis-Leistungs-Verhältnis, dass wir den Apostroph im Namen verzeihen.

➔ HERBRAND'S

Ehrenfeld | **www.herbrands.de | Mo–Fr ab 16, Sa ab 13, So ab 10 Uhr (Okt.–April Mo geschl., Di–Fr ab 18 Uhr) | Herbrandstr. 21 | Tel. 0221 9541626**

BRUNCH AN BORD

Warum ist es am Rhein so schön? Wegen der Silhouette der Kölner Altstadt? Oder wegen der weiten Bögen, die der Fluss in beide Richtungen schlägt? Über diese Fragen können Sie als Passagiere der Köln-Düsseldorfer auch beim Brunchen nachdenken. Drei Stunden lang. Mit Prosecco, Orangensaft, Kaffee – und natürlich einem umfangreichen Buffet. Die Sitzplätze an Bord werden fest vergeben.

➔ KÖLN-DÜSSELDORFER

Altstadt | **www.k-d.com | April–Okt. an ausgesuchten Terminen | ab 36 Euro | Abfahrt Anleger Altstadt | Tel. 0221 2088318**

FRÜHSTÜCK VOM FEINSTEN

Frische Austern zum Tagesstart? Wenn Ihnen danach ist, sollten Sie den wohl exklusivsten Brunch der Stadt verkosten. Im ehrwürdigen Hotel bereitet der Sushi-Meister aus dem benachbarten Taku außerdem leckere Nigiri und Maki zu. Doch auch der klassische Sonntagsbraten gehört zum Angebot. Weil das Haus einen Patissier hat, müssen die Freunde von Süßspeisen nicht darben. Frisch gepresste Säfte, Weine, Fassbier und Kaffeevariationen runden das verspätete Frühstück ab. Wer auf den Preis von 74 Euro noch 20 Euro drauflegt, kann sich an Champagner laben.

➔ HANSESTUBE IM HOTEL EXCELSIOR

€€€ | Altstadt | **www.excelsiorhotelernst.com | Brunch an ausgesuchten Sonn- und Feiertagen 12–15 Uhr | Trankgasse 1–5, Domplatz | Tel. 0221 2701**

Bummeltag

Sie haben heute keine weiteren Pläne? Wunderbar, bestellen Sie gleich noch ein Glas »Schwanengesang« im Feynsinn

BLITZBESUCH IN PORTUGAL

Den weltweit besten Start in den Tag können die Portugiesen für sich beanspruchen. Schließlich sind sie die Erfinder der »Pasteis de Nata«, kleinen Puddingteilchen in Blätterteig. Da Inhaber Michael Köster sich auch auf die Zubereitung eines starken Kaffees versteht, gerät das Frühstück in dem neuen Lokal wie in Porto oder Lissabon. Danach noch eine deftige »Bifana« (Brötchen mit Schweinefleisch) und das Thema Lunch wäre auch erledigt.

➔ CAFÉ CANTINA ALENTEJO

Südstadt | alentejo-cantina.de | Mo–Fr 8–19, Sa, So 10–18 Uhr | Alteburger Str. 2 | Tel. 0221 29 49 56 40

ERST BIO-MÜSLI, DANN SCHWANENGESANG

Unterm Lüster mit zersplittertem Glas trifft sich das Veedel zum Früh- oder auch »Spätstück« – bis 16 Uhr, unter dem Motto »Jedem Tag einen Schimmer verleihen«. Die Konfitüre ist hausgemacht, die Leberwurst kommt vom »Metzger des Vertrauens«, und die Müslis sind bio. Hier kann man mit gutem Gewissen den Tag verbummeln und zu einem Gläschen »Schwanengesang« übergehen, dem fruchtig-süffigen Hauswein.

➔ CAFÉ FEYNSINN

Kwartier Latäng | www.cafe-feynsinn.de | Mo–Do 9–1, Fr 9–2, Sa 9.30–2, So 10–1 Uhr | Rathenauplatz 7 | Tel. 0221 240 92 10

Formidable!

Ehrenfeld liegt in Frankreich! Zumindest bei Madame Tartine

ABHÄNGEN WIE IN BERLIN

Frühstück im Stil der Hauptstadt? Geht im Café Orlando. Das heißt: leckeres Rührei und gutes Omelette bis zum Nachmittag. Der Latte Macchiato ist hier auch in schlechten Zeiten erschwinglich. Weil außerdem das Mobiliar geschmackvoll abgerockt, der Service angenehm unemotional und das WLAN super ist, können Sie hier im Grunde den ganzen Tag verbummeln.

CAFÉ ORLANDO

Kwartier Latäng | www.cafeorlando.de | Mo 9–16, Di–Sa 9–22, So 9–19 Uhr | Engelbertstr. 9 | Tel. 0221 44 90 90 10

KOFFEIN-KICK

Ob als Süßigkeitenfabrik oder Konzerthalle: Der Name Stollwerck war lange gleichbedeutend mit Kölns Schokoladenseite. Nur gastronomisch mussten die Besucher Abstriche machen. Doch nun ist der Makel Geschichte: Ein Team aus drei Freunden serviert zum Frühstück Röstbrote und Smoothies, später auch Salate und Kuchen. Für den Koffein-Kick sorgt Kölner Kaffee von Heilandt. Als kleines Sahnehäubchen treten regelmäßig Bands in dem Café auf – und als wäre das noch nicht genug, lockt bei Sonnenschein eine große Terrasse.

CAFÉ FRANZ IM STOLLWERCK

Südstadt | www.cafefranz.de | Di–So 11–21 Uhr | Dreikönigenstr. 23 | Tel. 0221 16 84 46 84

LOCKER-FLOCKIG

Deutschlands erstes Cornflakes-Café gibt es seit Dezember 2015. In knallbuntem Comic-Ambiente können Fans von Frühstücksflocken hier aus 120 Cornflakes- und Müslisorten, 15 Milchvarianten (von Soja- bis Minzmilch) und 20 Toppings (von regionalen Erdbeeren bis zu den fies leckeren Oreo-Cookies) wählen – die Auswahl ist also so groß, dass an keinem Tag im Jahr dieselbe Schüssel auf dem Tisch stehen muss.

➔ FLAKES CORNER

Südstadt | www.flakes-corner.com | Mi–So 10–13 u. 15–20 Uhr | Bonner Str. 69 | Tel. 0221 88 89 88 89

FERNWEH IM WOHNZIMMER

Heimelige Atmosphäre verbreiten die Sofas, Fernweh ruft hingegen »Mathildes portugiesische Teigfantasie« hervor. Aber man kann ja auch mit zwei Seelen in der Brust frühstücken. Und klassische Varianten gibt es ebenfalls: Mathildes Brotplatte, Rührei sowie Joghurt mit Müsli. Daneben stehen wechselnde Suppen, Kuchen und Waffeln auf der Karte. Eine hippes Kleinod auf der Schäl Sick!

➔ VILLA MATHILDE

Deutz | www.villamathilde.de | Di–So 10.30–18.30 Uhr | Mathildenstr. 27 | Tel. 0221 99 44 94 96

FRONKREISCH, FRONKREISCH

In dem französischen Café und Bistro gibt's Leckeres aus Frankreich – überbackene Brote, aber auch Quiches, Suppen und süße Tartes. Alles gut für ein ausgiebiges Frühstück, für ein schnelles Frühstück wiederum sind die vielen frankophil veredelten Stullen ideal. Die Rezepte für ihre Tartines hat Aline Radermachers aus ihrer Heimat mitgebracht.

➔ MADAME TARTINE

Ehrenfeld | www.madame-tartine.de | Mo–Fr 9–18, Sa, So 10–18 Uhr | Venloer Str. 432 | Tel. 0176 84 21 21 99

SCHNITTCHEN NACH DEM SHOPPING

Das gute alte Schnittchen erlebt seit geraumer Zeit eine Renaissance. In ihrem kleinen Bistro bringt Birgit Winterberg die Butterbrotkultur zur Perfektion: von Klassikern wie dem »Strammen Max«, der hier »Strammes Schnittchen« heißt, bis hin zu gewagteren Kreationen. Das Roggenbrot kommt übrigens aus der Kölner Bäckerei Hütten. Ein prima Frühstück und die perfekte Mittagsstärkung nach einem Powershopping.

➔ GESCHNITTEN BROT

Südstadt | facebook: Geschnitten Brot | Mi–Mo 10–18 Uhr | Alteburger Str. 28 | Tel. 0151 53 38 18 50

SUPERFOOD ZUM FRÜHSTÜCK

Smashed Avocado. Huevos Rancheros. Oder Eggs Benedict. Ist das noch Frühstück? Auf jeden Fall. Bis zur Eröffnung dieses Cafés allerdings waren hippe Superfood-Gerichte dieser Art in Köln nicht sonderlich weit verbreitet. Auch das freundlich-reduzierte Interieur und die aus nachhaltigem Anbau stammenden Kaffeevariationen werden höchsten Ansprüchen gerecht. Nur die flache Charts-Musik wirkt bislang seltsam altbacken.

➔ KAFFEESAURUS

Belgisches Viertel | www.kaffeesaurus.com | Friesenplatz 15 | Mo–Fr 8–19, Sa 8–19, So 9–18 Uhr | Tel. 0221 16 84 17 22

ALLEINE MIT VAN GOGH

Es ist ja prima, dass die Museen viel Zuspruch finden. Trotzdem würden Sie gerne mal wieder alleine vor einem Meisterwerk stehen. Dann werden Sie am Samstagvormittag zum Early Bird! Um kurz vor 10 Uhr ist im Wallraff kaum etwas los. Und nach dem Ticketkauf dauert es garantiert eine Weile, bis sich die nächsten für Van Goghs »Zugbrücke« interessieren.

➔ WALLRAF-RICHARTZ-MUSEUM

Altstadt | www.wallraf.museum | Di–So 10–18 Uhr, 1. und 3. Do bis 22 Uhr | Eintritt 8/4,50 Euro | Obenmarspforten | Tel. 0221 22 12 11 19

Guten Morgen, Samstag!

Dafür lohnt's sich aufzustehen

EINKAUF IM STADTWALD

Ein Markt im Wald? Das klingt nach einem eigenartigen Konzept. Weil der Wochenmarkt in Braunsfeld wegen Bauarbeiten auf unbestimmte Zeit nicht stattfinden kann, bauen die Händler nun ihre Stände auf der Kitschburger Straße auf, die quer durch den Stadtwald verläuft. Ungestört vom Straßenverkehr, deckt sich die begeisterte Kundschaft hier mit frischem Gemüse, Schnittblumen, Brot aus der Eifel und frischer Pasta von LouRiz ein.

➔ MARKT IM STADTWALD

Lindenthal | Kitschburger Str. | Sa 7–13 Uhr

ESSEND DURCH DIE SÜDSTADT

Gesehen haben Sie diese Feinkost- und Spezialitätengeschäfte in der Südstadt alle schon mal, aber wahrscheinlich waren Sie noch nie drin. Höchste Zeit für eine schmackhafte Stadtführung. Die INSIDER TIPP kulinarischen Samstagstouren zu Fischhändler, Trüffelproduzent und Marmeladenfachgeschäft werden drei Stunden von Veedel-Bewohnern begleitet, die ab 33 Euro ganz nebenbei auch noch einiges zur Geschichte erzählen. Weitere Veedelstouren online.

➔ EAT THE WORLD

Südstadt | www.eat-the-world.com | Sa 10, 11, 12 Uhr | Startpunkt St. Johann Baptist Kirche | Tel. 030 206229990

YOGA STATT KATER

Körper und Geist miteinander versöhnen klingt definitiv besser als Kater auskurieren. Das ruft schwer nach einer Yoga-Einheit zum Start ins Wochenende. Das traditionelle Ashtanga-Yoga fördert die Konzentration, verleiht Energie und ist gut für die Beweglichkeit. Samstagvormittags stehen Ashtanga Mysore und Hatha Rücken auf dem Programm, und das nicht allzu früh am Morgen.

➔ SANTOSHA YOGA

Belgisches Viertel | www.santoshayoga-koeln.de | Sa ab 9.30 Uhr, kurz vorher anmelden | Probestunde 12 Euro, Drop In 18 Euro | Brüsseler Str. 21 | Tel. 0172 2575390

ENDLICH AUSMISTEN!

Sie wollen den ganzen alten Krempel endlich loswerden? Für diesen Fall gibt es eine Alternative zum Müllcontainer: Kölns größten Flohmarkt, der das gesamte Jahr über am Samstagvormittag zu Füßen des Uni-Centers stattfindet. Wer verkaufen möchte, sollte einen Standplatz reservieren: Ein Standard-Tapeziertisch von vier Metern Länge kostet 39 Euro.

➔ STADTFLOHMARKT UNI-CENTER

Klettenberg | www.stadt-flohmarkt.de | Sa Aufbau 6–8 Uhr, Ende offen | Luxemburger Str. 124 | Tel. 0221 9556454 41

WILL MITTAG-ESSEN!

Eben erst gefrühstückt? Egal!

Bunt
Im Bonjour Saigon wird aus dem Belgischen das Vietnamesische Viertel

SELBST GEDREHTE SOMMERROLLE

Die vietnamesischen Rezepte stammen allesamt von der über 70-jährigen Mama Le. Neben Nudelsuppen, Currys, würzigem Fleisch wie Lemongrass-Beef oder scharfer Chili-Ingwer-Ente sowie verschiedenen vegetarischen Gerichten ist besonders die Fingerfood-Platte zum Selberrollen empfehlenswert: drei Sorten gegrilltes Fleisch, Salat, Sojasprossen und Kräuter wickelt der Gast selbst in Reispapier zu einer »Sommerrolle«.

➔ BONJOUR SAIGON

Belgisches Viertel | **www.bonjoursaigon.com | tgl. 12–23.30 Uhr | Richard-Wagner-Str. 24 | Tel. 0221 25 85 08 88**

MEDITERRANE MINIATUREN

Mediterrane Miniportionen, oftmals mit einer nordafrikanischen Note und moderat kalkulierte Weine. So sitzt man bei Meister Gerhard am Chlodwigplatz entspannt und lässt vor der großen und im Sommer offenen Front Tapas schnabulierend das Südstadtleben an sich vorbeiziehen.

➔ MEISTER GERHARD NO. 006

Südstadt | **www.meister-gerhard.com | Mo–Fr ab 9, Sa, So ab 10 Uhr | Chlodwigplatz 6 | Tel. 0221 92 36 69 99**

HAUSMANNSKOST MEXIKANISCH

Appetit, am besten sogar Hunger sollten Sie mitbringen, wenn Sie in dieser Deutzer Institution einkehren: Quesadillas & Co kommen in ordentlichen Portionen auf die zünftigen Westerntische. Die Küche ist seit 30 Jahren gleichbleibend beliebt. Besonders stolz sind die Betreiber auf ihre rund 100 Sorten Tequila, die zumeist zu 100 Prozent aus dem Saft der Agavenfrucht bestehen. Wer sich schon mittags ein wenig in Stimmung bringen will: ¡Salud!

➔ CAFÉ ESPECIAL

Deutz | **www.cafe-especial.com | Mo–Fr 11–1, Sa–So ab 10 Uhr | Neuhöffer Str. 32 | Tel. 0221 81 47 55**

AUF DER SCHÄL SICK

Warum soll die Schäl Sick schlechten Kaffee trinken? Das dachten sich die Betreiber des Stantons, des Bauturms und des Feynsinns – und gründeten in Mülheim ebenfalls ein Café. Unter neuer Regie bietet das Café-Restaurant mit Bar immer noch jeden Tag ein wechselndes Mittagsangebot, bestehend aus einem Tellergericht und einem Softdrink oder Kaffee. Der Fokus liegt auf bürgerlichen Speisen, die Zutaten sind meist bio. Im Sommer lockt der idyllische Biergarten.

➔ VREIHEIT

Mülheim | **www.cafe-vreiheit.de | Mo–Sa 9–24, So 10–24 Uhr | Wallstr. 91 | Tel. 0221 9 91 77 93**

KLEINE GEDICHTE

Himmlische Macarons und zarte Tartelettes mit Zitrone, Apfel oder Aprikose. Mit diesen französischen Schätzchen hat die Patisserie-Abteilung des Hauses die Herzen der Kölner im Sturm erobert. Die Backwaren sehen so kunstvoll aus, dass ihr Konsum fast ein wenig frevelhaft scheint. Oder probieren Sie mal den Mini-Guglhupf, die Eclairs und, nicht zu vergessen, die knusprigen Buttercroissants.

➔ EPI

City | **Breite Str. 29 | Mo–Sa 8–19, So 9–18 Uhr | Tel. 0221 27 74 55 60**
Agnesviertel | **Neusser Str. 32 | tgl. 7–19 Uhr | Tel. 0221 37 99 66 56**
Lindenthal | **Dürener Str. 169 | tgl. 8–19 Uhr | Tel. 0221 17 04 30 67**
Rodenkirchen | **Maternusplatz 4 | tgl. 8–18.30, Sa ab 7 Uhr | Tel. 0221 93 72 17 12**

Ausge-trickst

Fleisch war einmal. Heute serviert die Metzgerei Schmitz hippe Café-Kultur

SPÄTER LUNCH

Ob Fish & Chips mit Biersenfmayonnaise oder vegetarisches Dreierlei: Im Balthasar hebt sich das Mittagessen immer ein bisschen vom Mainstream ab. Dabei sind die Portionen so bemessen, dass am selben Abend ein kleiner Snack genügt. Nachdem der Laden in Sülz schon lange funktioniert, kommt er auch auf der Aachener Straße gut an. Auch für einen späten Lunch hat man hier Verständnis – INSIDER TIPP die Karte gilt bis 18 Uhr.

➔ BALTHASAR

Belgisches Viertel | **www.balthasar-cafe.de** | **Aachener Str. 18** | **Mo–Do 9–1, Fr, Sa 9–2, So 10–1 Uhr** | **Tel. 0221 16 84 34 38**
Sülz | **Euskirchener Str. 9** | **Mo–Sa 9–1, So, Fei 10–1 Uhr** | **Tel. 0221 4 75 81 10**

FRANZÖSISCHE LANDKÜCHE

Wilhelm Riphahn, der Architekt der Oper, hat weite Teile der Hahnenstraße gebaut – und auch dieses außergewöhnlich geschmackvolle Lokal. In den zeitlosen Räumen serviert das Team um Uwe Hammes und Thomas Tump überwiegend deftige französische Landküche, an den Wänden hängen wechselnde Kunstwerke. Vor allem mittags ist es rappelvoll, denn das Niveau von Design und Speisen ist gleichermaßen hoch.

➔ RIPHAHN

City | **www.riphahn.com** | **Di–Sa 10–24, So 10–18 Uhr** | **Hahnenstr. 4** | **Tel. 0221 99 87 45 77**

SCHICKER FLEISCHERLADEN

Die Jugendstil-Kacheln erinnern noch an die Metzgerei, laut den Eigentümern die älteste Kölns. Doch in der Auslage liegen keine Schweinshaxen mehr, sondern Kuchen, u. a. vegetarische Quiches und Salate – der Linsensalat ist ein Gedicht! Wer in dem winzigen Laden keinen Platz bekommt, geht einfach nebenan in die Bar oder auf den Trottoir und lässt sich das Mittagessen dorthin bringen.

➔ METZGEREI SCHMITZ

Belgisches Viertel | **www.salonschmitz.com/metzgerei** | **Mo–Do 9–23, Fr–Sa 9–1, So 9–22 Uhr** | **Aachener Str. 30** | **Tel. 0221 1 39 55 77**

HEISSES GERÄT

72 Stunden Teigruhe, 485 Grad Gluthitze, 60 Sekunden backen – das ist das Geheimnis der Pizzeria, die seit einiger Zeit für Furore sorgt. Nicht viel mehr gemein mit der guten alten Margherita haben extravagante Kreationen wie »Beastmode«: belegt mit Provolone, Bergkäse, Feldsalat, Trauben, Hirschschinken aus dem Bergischen und Roter Bete. Und noch besser: Der Gault Millau hat jüngst die Weinkarte ausgezeichnet.

➔ 485 GRAD

Kwartier Latäng | **www.485grad.de** | **Mo–Mi 17–22, Do, So 12–22, Fr, Sa 12–23 Uhr** | **Kyffhäuser Str. 44** | **Tel. 0221 39 75 33 30**
Südstadt | **Bonner Str. 34** | **Mo–Mi 17–22, Do, So 12–22, Fr, Sa 12–23 Uhr** | **Tel. 0221 93 29 31 48**

SOS, Regensonntag!

EIN DUELL MIT ZOMBIES

Draußen ist es garstig. Was gibt es da Schöneres, als die Angriffe von Zombies abzuwehren oder eine Mordserie aufzuklären? Beides gehört zu den Aufgaben, die es in den dunklen Verliesen von Team X zu lösen gilt. Hinter dem Namen verbirgt sich ein lokaler Anbieter virtueller Abenteuerparcours, die ein klein bisschen liebevoller gemacht sind als die übrigen Escape Rooms.

➔ TEAM X

Südstadt | **www.teamx.koeln** | **tgl. 10–21.30 Uhr** | **Ubierring 43** | **Tel. 0221 30 14 03 29**

STILLE MITTEN IN DER STADT

Waaas, es gibt hier nicht bloß den Dom? Wenn Sie sich diese Frage mal gestellt haben, sind Sie reif für eine Tour durch die Romanischen Kirchen. Entdecken Sie die Rundtürme von St. Pantaleon, ein Gotteshaus, das Napoleon zum Pferdestall umfunktioniert hat. Schauen Sie sich den Kreuzgang von St. Maria im Kapitol an. Oder kurzum: Lernen Sie, Kölns Geschichte zu verstehen.

➔ ROMANISCHE KIRCHEN

Altstadt & City | **www.romanische-kirchen-koeln.de**

REKORD-VERDÄCHTIGES MUSEUM

Ein Selfie vor einem Zweierbob aus der DDR stiftet Verwirrung. Der Anblick eines einst von Michael Schumacher gesteuerten Boliden stimmt nostalgisch. Möglich ist beides in diesem weithin unterschätzten Museum im Rheinauhafen, das – für die Regenpause – ganz nebenbei Kölns bestgelegensten Bolzplatz beherbergt.

➔ DEUTSCHES SPORT & OLYMPIA MUSEUM

Südstadt | **www.sportmuseum.de** | **Di–So 10–18 Uhr** | **Im Zollhafen 1** | **Tel. 0221 3 36 09 54**

ALLEIN AM ADENAUER-WEIHER

Die Regentropfen erzeugen kreisförmige Miniwellen. Die Enten ziehen missmutig ihre Runden. Und selbst die ehrgeizigsten Jogger ziehen es vor, bei diesem Wetter im Bett zu bleiben. Herrlich! Denn das sind die richtigen Bedingungen, den schönsten und ruhigsten Stadtsee allein zu umrunden und dabei auf andere Gedanken zu kommen.

➔ ADENAUERWEIHER

Lindenthal | **Äußerer Grüngürtel**

SCHLECHT-WETTERSPORT MIT SPASSFAKTOR

Bloß nicht bis zu den Knöcheln im Matsch stecken. Lieber den Freizeitkick in die Halle verlegen. Auf diesen Plan B können Sie jederzeit zurückgreifen. Ein Kick auf der 32 mal 15 Meter großen Kunstrasenfläche kann höllischen Spaß machen. Oder spielen Sie gleich Bubble-Soccer. Dabei kleiden sich die Spieler zwecks spaßiger, aber schmerzfreier Zweikämpfe in ballonförmige Ganzkörpertrikots.

➔ SOCCER-WORLD

Lövenich | **soccerworld.koeln** | **tgl. 10–24 Uhr** | **Ottostr. 7, Lövenich** | **Tel. 02234 98 84 88**

TORTEN-SCHLACHT

Am Sonntag gehört die Sahnetorte mir

EIN PLATZ IM BAISER-HIMMEL

Der Geruch von Baiser-Torten kann Wunder bewirken: Sonntagsnachmittags scheint er sich besonders intensiv im Belgischen Viertel auszudehnen, denn die Terrasse dieser herrlichen Konditorei ist immer voll besetzt, sobald geöffnet ist. Der Platz eignet sich hervorragend, um bei Sonnenschein und einer süßen Köstlichkeit die Leute zu beobachten, die aus dem Grüngürtel kommen.

➔ **CAFÉ BRAUN**

Kwartier Latäng | www.cafebraun.com | Mi–So 11–19 Uhr | Lindenstr. 97 | Tel. 0221 21 47 29

Reinbeißen

in die kleinen Kunstwerke von Törtchen Törtchen

KUCHEN WIE BEI GROSSMUTTERN

Schwarzwälder Kirsch, Buttercreme und Bienenstich – in der Vitrine dieses Traditionshauses stehen so viele Torten, dass es unmöglich ist, sich zu entscheiden. Seit Mitte der 50er-Jahre scheint es sich hier kein bisschen verändert zu haben. Schöner geht es kaum, wenn man sich heutzutage Kaffee und Kuchen gönnen möchte. Am allerbesten übrigens ist INSIDER TIPP die Eissplittertorte – und die ist noch nicht einmal zu sehen, weil sie im Eisschrank verborgen ist.

CAFÉ WAHLEN

City | www.cafe-wahlen.de | Mo–Sa 10–18, So 11–18 Uhr | Hohenstaufenring 64 | Tel. 0221 23 16 25

DER BESTE MOKKA

Sie mögen die Gemütlichkeit einer Couch und haben nichts gegen flotten Service? Mal möchten Sie Zeitung lesen, dann wieder verträumt nach draußen schauen? Sie lassen sich gerne von einem INSIDER TIPP perfekten türkischen Mokka verzaubern? Und haben lieber die Wahl zwischen leckerem Kuchen und herzhaften Snacks wie Quetschbrot mit Käse, Tomate und Mozzarella? Also zögern Sie nicht, dieses liebenswerte Café zu ihrem Wohnzimmer zu machen.

CAFÉ SCHWESTERHERZ

Ehrenfeld | www.schwesterherz-koeln.de | Mo–Fr 9–19, Sa, So 10–19 Uhr | Venloer Str. 239 | Tel. 0221 16 95 54 06

SUPER AUSSICHT

Kuchen mit Domblick? Das ist keineswegs nur etwas für Touristen. Auf der Terrasse dieses traditionellen Cafés lassen sich auch Kölner gerne blicken, um Baiser-Torte oder Apfelkuchen zu verzehren. Dazu gehört eine gepflegte Tasse Kaffee, am besten natürlich im Kännchen. Das alles hat seinen Preis – aber der Blick ist eben auch herzzerreißend schön.

CAFÉ REICHARD

Altstadt | www.cafe-reichard.de | tgl. 8.30–20 Uhr | Unter Fettenhennen 11 | Tel. 0221 2 57 85 42

KÖNIGLICHE KÜCHLEIN

Politisch mögen sich die Briten in jüngerer Vergangenheit nicht mit Ruhm bekleckert haben. Das aber ist kein Grund, auch kulinarisch mit ihnen zu brechen. Bestes Argument ist die üppig bestückte Etagere, die neuerdings in Ehrenfeld zum High Tea verführt. Neben Tee und Scones kommen dabei auch jene Backwaren zum Einsatz, die dem Lokal seinen Namen verliehen haben.

ROYAL CUPCAKES

Ehrenfeld | www.royalcupcakes.de | Di–Sa 11–19, So 11–18 Uhr | Venloer Str. 425b | Tel. 0221 27 26 08 77

FÜR TORTEN-JUNKIES

Achtung, Suchtgefahr! Wer einmal den kleinen Törtchen-Törtchen-Kosmos betreten hat, für den gibt es kein Zurück mehr. Hier gilt es, unsagbar raffinierte Schätze zu entdecken. Tarte Tatin verführen ebenso wie Törtchen mit weißer Schokolade oder Passionsfrucht, Vanille-Eclairs und viele andere fantasievolle Kreationen. Auch im Angebot und ebenso verlockend: Pralinen, selbst gemachtes Eis und eine große Auswahl an Trinkschokoladen.

TÖRTCHEN TÖRTCHEN

City | www.toertchentoertchen.de | Apostelnstr. 19 | Mo–Sa 9–19, So 10–18 Uhr | Tel. 0221 27 25 30 81
Nippes | Neusser Str. 325 | Mo–So 9–18 Uhr | Tel. 0221 17 05 08 44

SONNTAGABEND, TATORTZEIT

Die Ermittlungen ergeben: Hier klingt das Wochenende schön aus!

SPANNUNG UND SCHÄRFE

In der Kölschbar laufen alle möglichen Unterhaltungsprogramme, von Germany's Next Topmodel bis zur Champions League. Sonntagsabends ist der Tatort dran. Wenn der nicht kickt, bleibt immer noch der echte Kicker (Tischfußball) und der originelle INSIDER TIPP Mexikölner mit Tomatensaft und Chili. Den knallroten Schnaps haben die beiden Betreiber erfunden.

➔ **KÖLSCHBAR**

Kwartier Latäng | **Mo–Do 18–1, Fr–So ab 15 Uhr mit offenem Ende | Lindenstr. 56 | Tel. 01577 3 73 07 67**

TATORT KYFFHÄUSER

Deutschlands ältester Krimireihe gelingt erstaunlicherweise das, was sonst nur der Fußball schafft: Er bringt die Leute zum rituellen Fernsehgucken zusammen. Auch hier im Univiertel hat das gemeinsame Tatort-Schauen zum Wochenausklang Tradition. Falls die Serienermittler einmal frei haben, übernehmen die Kollegen von Polizeiruf 110.

➔ **TANKSTELLE**

Kwartier Latäng | **www.tankstelle-koeln.de | Mo–Mi 18–1, Do bis 2, Fr, Sa bis 3, So 14.30–23 Uhr | Kyffhäuser Str. 19 | Tel. 0221 16 81 88 55**

EXOTIK TANKEN

Ach herrje, fast schon wieder Montag! Höchste Zeit, noch ein paar (Genuss-)Momente zu sammeln, bevor der Alltag wieder losgeht. Das fällt im gemütlichen Tanoshii leicht. Sake Mango Inside Out (Lachs, Mango, Mayo, Sesam und Tobbiko), klassisches Sushi oder doch lieber knusprige Miso Ente? Geschmackssache. Hauptsache lecker.

➔ **TANOSHII**

Agnesviertel | **www.tanoshii.eu | Di–So 12–14.30, 17.30–23 Uhr | Balthasarstr. 2 | Tel. 0221 16 85 18 37**

Belgisches Viertel | **Mo–Sa 12–14.30, 17.30–23, So 12–15, 17–22 Uhr | Brabanter Str. 3 | Tel. 0221 17 06 72 75**

ALLES BIO

Schonende Zubereitung aus dem Wok. Klingt gesund! Bei diesem Asiaten kommen Obst und Gemüse außerdem vom Bio-Lieferanten, genauso wie ein Großteil der Tofus und Tempehs. Die Küche springt von Vietnam *(summer rolls)* über Thailand (Pad-Thai-Nudeln) nach China (Glasnudeln mit Wokgemüse) und Japan (Ramen-Nudeln). Auch Salate und Suppen sind im Angebot. Als Nachtisch lockt der Pandan-Sahne-Kuchen.

➔ MEIWOK VEGAN

Ehrenfeld | koeln.meiwok.de | Mo–Fr 12–22, Sa, So 13–22 Uhr | Venloer Str. 384 | Tel. 0221 96 26 97 07

LOSS MER SINGE

In dieser sympathischen 50er-Jahre-Gaststätte treffen sich jeden Sonntag Jung und Alt, um gemeinsam Lieder anzustimmen, auch außerhalb der fünften Jahreszeit. Ein schönes Stück Folklore mit toller Atmosphäre. Und das in einer der authentischsten Kneipen der Stadt, die nach dem Abschied der langjährigen Betreiber von einer Brauerei gerettet wurde.

➔ WEISSER HOLUNDER

City | weisser-holunder.de | So–Do 17–1, Fr, Sa bis 2 Uhr | Gladbacher Str. 48 | Tel. 0221 94 52 65 00

Asia-trip
Eine Reise durch die asiatische Küche bietet MeiWok Vegan

AUF DEM SEE TREIBEN

Sie suchen Abgeschiedenheit an einem lauen Sommertag in der Stadt? Wie wäre es damit: Sie mieten am 2019 frisch renovierten Kahnweiher am Blücherpark ein Bötchen (30 Min., 4 Euro), rudern ein wenig hinaus, lehnen sich zurück, heben den Blick und schauen den Wolken dabei zu, wie sie sich langsam ihren Weg bahnen. Viel entspannter kann ein Wochenende nicht ausklingen. Anschließend bestellen Sie im angeschlossenen INSIDER TIPP Biergarten am Südufer noch einen Drink – vielleicht während sich das Abendrot über den See legt.

➔ BLÜCHERPARK

Bilderstöckchen | **www.bluecherpark.com | Mo–Sa ab 14, So ab 10 Uhr | Tel. 0221 1 70 22 91**

JAZZ AM ABEND

In Klettenberg lauscht man am letzten Abend des Wochenendes den Blasinstrumenten. »Real Live Jazz« heißt die abwechslungsreiche Reihe mit freiem Eintritt, von der einschlägige Fans schon seit 2009 begeistert sind. Zwar stehen nicht jeden Sonntag Musiker auf der Bühne des Multifunktionslokals, aber fast jeden. Im Restaurant gibt's gehobene Alltagsküche wie Schwertfisch oder Pfifferling-Ravioli.

➔ ABS

Klettenberg | **www.absresto.de | So Jazz 19.30–22 Uhr, So–Do 18–1, Fr, Sa bis 4 Uhr | Gottesweg 135 | Tel. 0221 2 40 00 00**

MENÜ IM MUSEUM

Sie sind zu träge, nach dem Museum (oder dem Sonntagspaziergang über die Hohenzollernbrücke) noch woanders hinzugehen? Das muss auch nicht sein, denn im Museum Ludwig lockt ein Restaurant, das den Ansprüchen der Slow-Food-Bewegung genügt: Die Produkte stammen aus der Region, das Fleisch von »glücklichen« Tieren. Das Menü ist besonders günstig und INSIDER TIPP beinhaltet ein Glas Wein, der fürs Haus gemacht wurde.

➔ LUDWIG IM MUSEUM

Altstadt | **www.ludwig-im-museum.de | Di–So 10–24 Uhr | Heinrich-Böll-Platz | Tel. 0221 16 87 51 39**

AUFGERÄUMTES ABHÄNGEN

In den 80ern hingen hier Künstler wie Martin Kippenberger ab. Ihre Rechnungen bezahlten sie gern mit Kunstwerken, die noch heute über dem Café im Hotel Chelsea hängen. Heute müssen die Gäste zwar ihre Gin-Tonics mit Euros bezahlen. Dafür aber geht es wieder bergauf mit der Café-Legende. Prima für die letzten Stunden des Wochenendes, auch dank der großen Auswahl an Quiches, Salaten, Suppen, Pasta und wechselnden Hauptgerichten. Im Sommer ist die Terrasse begehrt.

➔ CAFÉ CENTRAL

Kwartier Latäng | **www.cafecentralcologne.de | Mo–Do 7–24, Fr, Sa, 7–1, So 8–23 Uhr | Jülicher Str. 1 | Tel. 0221 2 07 15 20**

Spurensuche

im Ludwig im Museum: Welcher der Gäste hatte noch mal die zwei Gläser Roten bestellt?

Raus aufs Land!

Tschüss, Beton! Hallo, Frischluftkur!

MEDITIEREN AUF DEM FLUSS

Sie träumen von einem Tag auf dem Wasser? Das ist gar nicht so schwierig. Steigen Sie in den Regionalexpress Richtung Gießen und nehmen Sie Schlauchboot oder Kayak mit. Von fast allen Bahnhöfen entlang der Strecke gelangen Sie leicht zu den Ufern der Sieg, die meist träge bis zur Mündung zwischen Mondorf und Bonn dahinfließt.

➔ DIE SIEG HINUNTER

An der Sieg | **z. B. von Eitorf bis Hennef**

ÜBER DEN BÄUMEN

Jugendherbergen sind unsexy. Nicht einmal dieses Vorurteil gilt heute noch. Das beweist eine Jugendherberge in einem 40 Meter hohen Aussichtsturm, der zugleich als Teil eines Baumwipfelpfads fungiert. Streckenlänge: 1635 Meter! Das beste an dieser Nachricht: Dies alles liegt vor den Toren der Stadt, im Bergischen Land.

➔ PANARBORA WALDBRÖL

Bergisches Land | **www.panarbora.de | März–Okt. Kernzeit 9–18 Uhr (Mai–Sept. bis 20 Uhr) | Nutscheidstr. 1, 51545 Waldbröl | Tel. 02291 90 86 50**

SCHLAFEN IM HOLZFASS

Raus ins Grüne mit Blick auf Hügel und Wald. Diesen Städtertraum erfüllt der Campingpark im Bergischen Land. Der Clou: Bis zu vier Gäste übernachten nicht etwa in Zelten, sondern in riesigen Fässern aus unbehandeltem Holz. Zugegeben, das ist simpel! Aber auch echt gemütlich und preiswert.

➔ CAMPINGPARK BERGISCHES LAND

Lindlar | **www.mein-campingpark.de | 35 Euro pro Nacht und Fass | Oberbüschem 45 | Tel. 02266 66 52**

TREKKING IN DER EIFEL

In NRW ist alles erschlossen und reguliert? Das war einmal. Im »Naturpark Hohes Venn – Eifel« können Abenteurer legal ihre Wildnistauglichkeit auf die Probe stellen, indem sie auf abgeschiedenen Naturlagerplätzen ihr Zelt aufschlagen, was bislang verboten war. Die mit Komposttoiletten ausgestatteten Plätze sind ausschließlich über Wanderwege erreichbar. Fast wie im Yukon, nur ohne Bären.

➔ TREKKING-EIFEL

Naturpark Hohes Venn–Eifel | **www.trekking-eifel.de | Tel. 02441 99 45 70**

AM KARABINERHAKEN

Aus zwölf Metern Höhe von einem ausgewachsenen Baum zu springen, kann selbst abgezockten Abenteurern zusetzen. Kinder hingegen haben weniger Angst, sich hinunterzustürzen – schließlich hängen sie ja mit Karabinerhaken an einer Zipline. So oder so ist der Besuch im Wald eine Grenzerfahrung, die niemand so schnell vergisst.

➔ KLETTERWALD HENNEF

Hennef | **www.kletterwald-hennef.de | Ende März–Anfang Nov. | Sövener Str. 60 | Tel. 02622 9 86 92 60**

UNTERWEGS MIT ...

... DEM SCHATZ

Tisch für zwei, Kerzenschein inklusive

GRIECHISCHER WEIN, SCHENK NOCHMAL EIN

Die Stadt giert nach romantischen Orten und neuen kulinarischen Highlights. Diesem Verlangen wird das Lokal in der Südstadt gerecht: Cooles Design, erfrischend komponierte Mezze (kleine Tellergerichte nach griechischer Art), stimmige Hauptspeisen und professioneller Service sind schon für sich gute Argumente für einen gelungenen Abend zu zweit. Die kleine Sonnenterrasse und die überraschend vielseitigen Weine vom Peleponnes setzen noch einen obendrauf.

➔ **PHAEDRA**

€€€ | Südstadt | www.phaedra-restaurant.de | Mi, Do 17.30–0, Fr, Sa 17.30–1, So 13–23 Uhr | Elsassstr. 30 | Tel. 0221 16 82 66 25

PICKNICKZEIT

Köln ist grün, und das Grün ist nah. An lauen Sommerabenden geht daher nichts über ein Picknick zu zweit, sei es im Stadtwald oder auf einer Wiese im Äußeren Grüngürtel. Vorher unbedingt im Feinkostladen Culinaria Italia Vitello Tonnato und pikanten Kürbissalat kaufen! Dann im Kiosk einen schönen Weißwein abgreifen. Und nun schnell mit dem Fahrrad zum Zielort. Besonders schön sind die Wiesen südlich des Adenauerweihers und am Decksteiner Weiher.

➔ **CULINARIA ITALIA**

City | www.culinariaitalia.de | Mo–Sa 11–19 Uhr | Mittelstr. 12–14 | Tel. 0221 2 70 47 37

WIE EIN KLEINER URLAUB

Sie haben mal davon gehört, dass Franzosen das mit der Liebe und mit dem Essen ziemlich gut draufhaben? Nun, so ist es. Dieses Eck-Bistro erzeugt Wonnegefühle mit seinen plüschigen Stühlen, dem gedämpften Licht und den neuen Chansons, die schwer danach klingen, als seien sie vom Kölner Label Le Pop entdeckt worden. Die Küche ist schnörkellos, aber verlässlich gut. Die Weine sind süffig und nicht zu teuer. Macht in der Summe: einen Abend wie ein kleiner Urlaub.

➔ **CAPRICORN & ARIES**

€€€ | Südstadt | www.capricorniaries.com | Mo, Di, Do, Fr 12–15, 18–1 Uhr, Sa 18–1 Uhr | Alteburgerstr. 31 | Tel. 0221 3 97 57 10

STERNEKÜCHE FÜR EINSTEIGER

Sterneküche zu teuer für einen Abend zu zweit? Nicht zwangsläufig: Im Maibeck kostet das 4-Gang-Menü auch nach Erhalt des Michelinsterns nur 46 Euro. So kommen Sie in den Genuss von Bergkäse-Schlupfkrapfen mit Rübstiel und Walnüssen oder Tatar vom Eifeler Rind mit Räucheraal und Mandarinen. Auch die Welt der Weine ist hier nicht elitär: Die INSIDER TIPP Weinbegleitung für vier Gänge kommt auf 29 Euro.

➔ **MAIBECK**

€€€ | City | www.maibeck.de | Di–Sa 12–15 Uhr und ab 17.30 Uhr, So ab 12 Uhr | Am Frankenturm 5 | Tel. 0221 96 26 73 00

Sternen-himmel

Romantik mit Michelinstern im Maibeck

DIE GEBURT DES FRÜHSTÜCKSGOURMETS

Innovationen und Wagnisse sind wichtig im Repertoire von Sonja Baumann und Erik Scheffler: So ist ihr noch junges, aber bereits mit einem Michelin-Stern dekoriertes Restaurant weit und breit das erste, das schon das INSIDER TIPP Frühstück zur Gourmetsache erklärt. Am Abend legt das Paar mit Ferkelkeule und Kimchi op Kölsch und ähnlichen Kreationen noch eine Schippe drauf. Ein Fest für alle Sinne, das zu zweit zur Vollendung kommt.

➔ NEOBIOTA

€€€ | City | www.einfachleckermachen.de | Di–Sa 10–15 u. 18.30–22 Uhr | Ehrenstr. 43c | Tel. 0221 27 08 89 08

SUSHI SINNLICH

2015 öffnete dieses Lokal – und plötzlich ist roher Fisch wieder mehr als abgepacktes Fast Food. Bestellen Sie die Alaska Roll mit Schneekrabbe oder wagen Sie Neues mit der Steak Roll (mit Entrecôte und Senf). Zusammen mit der noblen fernöstlichen Atmosphäre eine sinnliche Erfahrung, die ohne den stilvoll servierten Tee nicht komplett ist.

➔ ZEN

Lindenthal | www.restaurant-zen.de | Di–So 17.30–24 Uhr | Bachemer Str. 236 | Tel. 0221 28 28 57 55
Belgisches Viertel | Aachener Str. 20 | Di–Fr 12–15 und 17.30–22, Sa 14–23.30, So 17–22.30 Uhr

Ganz. Schön. Hässlich.

VERSTECKTE SYMMETRIE

Geschmacklose Notlösungen in grellen Farben. So erscheinen die Kölner U-Bahn-Stationen auf den ersten Blick. In Wahrheit handelt es sich um kleine Meisterwerke, die als Kulisse für jeden Wes-Anderson-Film dienen könnten. Die Leyendeckerstraße strotzt vor symmetrischer Eleganz, während das Pastellgrün der Station Lohsestraße in Kombination mit den blassgelben Sitzbänken sehr ästhetisch ist.

➔ U-BAHN-STATIONEN

Ehrenfeld | **Leyendeckerstraße**
Nippes | **Lohsestraße**

... aber hat was!

GALERIE IM UNTERGRUND

Der Ebertplatz ist eine städtebauliche Katastrophe. Doch das Scheusal birgt Überraschungen. In der düsteren Passage hat sich die Galerie Bruch & Dallas angesiedelt. Seitdem kommen immer mehr Kreative vorbei, um einen Blick auf die Kunstwerke zu werfen. Manchmal finden draußen Konzerte und Events statt. Wie auf einem richtigen Platz.

➔ **BRUCH & DALLAS**

Eigelstein | **www.bruchunddallas.de | Fr, Sa 16–19 Uhr | Ebertplatzpassage | Tel. 0179 7520457**

UMWEG ZUR AUSSICHT

Sie halten die Gleisbette hinter dem Mediapark für abschreckend? Nachvollziehbar. Dennoch sollten sie mal die »blaue Brücke« überqueren. Über den Gleisen haben sie einen prächtigen Blick auf die Kölner Skyline. Wenn Sie den Anstieg dahinter meistern, stehen Sie auf dem Herkulesberg, erbaut auf Trümmern und die höchste Erhebung in der City.

➔ **BLAUE BRÜCKE**

City | **August-Sander-Park (am Mediapark) und Innerer Grüngürtel**

FORTS DER PREUSSEN

Die Preußen haben Köln mit einem Festungsring gesichert. Mit den Überbleibseln der Forts weiß niemand so recht etwas anzufangen, außer am Nordende des Agnesviertels. Hier thront auf den Gemäuern des Fort X eines der bestgehüteten Geheimnisse der Stadt: ein Rosengarten. Mit Pavillon, Bänken in der Sonne und kostenlos zugänglich.

➔ **ROSENGARTEN IM FORT X**

Agnesviertel | **tgl. 9–20 Uhr | zwischen Innerer Kanalstraße, Neusser Wall und Lentstraße**

SKULPTUREN AUS BETON

Beton ist in Köln keine Mangelware. Da kann man schon mal übersehen, dass einige ziemlich verwittert wirkende Bauwerke im Grunde außergewöhnlich schön sind. Die Kirchen des Kölner Architekten Gottfried Böhm haben poetische Qualitäten. Die schlanken Türme der Pfarrkirche St. Gertrud wirken wie eine Skulptur. Die Pfarrkirche Christi Auferstehung erinnert an ein Picasso-Gemälde.

➔ **ST. GERTRUD | CHRISTI AUFERSTEHUNG**

Agnesviertel | **tgl. 9–18 Uhr | Krefelder Str. 57**
Lindenthal | **tgl. 10–16 Uhr | Brucknerstr. 16**

... DER GANZEN CLIQUE

Hier gibt's genug für alle

Holz in der Hütt'n

und alpenländische Küche auf den Tellern bei Metzger & Marie

ALPINE KOMFORTZONE

Essen aus Deutschland und Österreich geht als Komfort-Food durch? Absolut! Das beweisen Marc und Nadine Flogaus in der Neuauflage ihres Restaurants Metzger & Marie. Bestellen Sie Spinatknödel, Spießbraten vom Spanferkel oder einfach das Wiener Schnitzel, und Sie wissen warum. Die Gäste sitzen auch schon mal an langen Tafeln und schauen auf eine rustikale Holzwand. Sehr behaglich! Eine schöne Abwechslung ist auch das frisch gezapfte Stiegl Pils aus der Alpenrepublik.

➔ METZGER & MARIE

€€€ | Agnesviertel | www.metzgermarie.de | Do–Mo 18.30–24 Uhr (Küche bis 22 Uhr) | Kasparstr. 19 | Tel. 0221 99 87 93 53 | Keine Barzahlung

VIVA ITALIA!

Endlich wieder in der blauen Stunde an den langen Tischen auf dem breiten Trottoir sitzen, auf der handgeschriebenen Karte »Makrelenfrikadellen in Tomatensugo« entdecken, nach der Mahlzeit mit der Bestellung eines Desserts liebäugeln und zu guter Letzt noch einen Plausch mit Siro halten. Bräuchte ganz Sülz einen zusätzlichen Grund, sich auf den Sommer zu freuen, wäre es ganz sicherlich die saisonale Umfunktionierung des Veedel-Italieners zum Freiluftlokal. Versteht sich von selbst, dass auch die Weinkarte Vergnügen bereitet.

➔ DA SIRO

Sülz | www.dasiro.de | Mo–Fr 11.30–15, 18–23, Sa 17.30–23 Uhr | Weyertal 41 | Tel. 0221 44 10 51

IM ZEICHEN DER KLEINIGKEITEN

Die Bagatellisierung Kölns geht weiter – und das sind gute Nachrichten für alle Freunde französisch angehauchter Kleingerichte. Wie schon in der Südstadt, in Lindenthal und in Hoffnungsthal ist auch dieses Restaurant rasend populär. Besonders schön ist es an lauen Sommerabenden auf der Terrasse des Gründerzeithauses. Toll: die mit Flönz gefüllten Kroketten.

➔ BAGATELLE EHRENFELD

Neuehrenfeld | www.bagatelle-ehrenfeld.de | Mo–Sa ab 17, So ab 12 Uhr | Ottostr. 69 | Tel. 0152 25 84 00 04

KOCH UND DJ HAND IN HAND

Passende und vor allem gute Musik gehört zu den weltweiten Schwachpunkten gehobener Gastronomie. Dieses noch junge Restaurant bildet da eine löbliche Ausnahme: Die originellen Gerichte überwiegend mediterraner Herkunft werden von den Klängen von The National und Konsorten begleitet. Eine gute Weinkarte, der Verzicht auf Convenience-Produkte und das behagliche Ambiente sind weitere Argumente für einen Besuch.

➔ SONDER

Belgisches Viertel | www.sonder.koeln | Di–Sa 17–24 Uhr | Lindenstr. 93 | Tel. 0221 20 19 77 79

SCHLEMMEN UND SCHNACKEN

Ein einfaches Restaurant mit prima Küche, wo man auch mal den ganzen Abend mit Freunden verbringen kann. Das war in Ehrenfeld bislang eher Mangelware. Nun aber kommen eine üppige »Mousse von der Forelle« und »Scampi auf Tagliatelle« wie selbstverständlich auf den Tisch – und zwar preislich deutlich unter Innenstadtniveau. Das alles in einem gemütlichen und ungezwungenen Ambiente!

➔ CARLS RESTAURANT

Ehrenfeld | www.carlsrestaurant.de | Mi–So 17–22 Uhr | Eichendorffstr. 25 | Tel. 0221 58 98 66 56

GANZ KLEIN IST DAS NEUE GROSS

Zwei Sommeliers beraten in diesem Restaurant nicht nur die Gäste, sondern auch das Küchenteam, damit Speis und Trank optimal zusammenpassen. Bei Kerzenschein werden Gerichte serviert wie »Gegrillte Avocado – Hoi Sin – Chili«, Kabeljau mit grünem Spargel und Yuzu-Butter oder Rinderfilet mit Kartoffelpüree. Das Restaurantkonzept stammt von Gabriele Zanchetti, der schon das Bagutta und Massimos Rosticceria erfolgreich führt.

➔ TANICA

€€€ | Belgisches Viertel | www.rosticceria-massimo.de | Mo–Sa 12–16 u. 18–1 Uhr | Engelbertstr. 31a | Tel. 0221 2405271

TAPAS MIT TEMPERAMENT

Die deutsche Lesart der spanischen Küche kann beklagenswert öde sein. Ausnahmen aber bestätigen die Regel: In dem von Lindenthal in die Lindenstraße übergesiedelten Restaurant finden auch temperamentvollere Kompositionen wie Grünkohl mit Chorizo und Manchego den Weg auf die Karte. Ebenfalls originell: die Sangria-Karte mit rund einem Dutzend verschiedener Spielarten. Probieren Sie mal die INSIDER TIPP Sangrio Negra mit einem Schuss Kräuterlikör aus Mallorca.

➔ TAPEO & CO

Belgisches Viertel | www.tapeoundco.de | tgl. ab 17 Uhr | Lindenstr. 38 | Tel. 0221 82082000

FRISCHE BRISE AUS DER BRETAGNE

Vom beliebten Streetfood-Wagen zum kleinen Bistro. Diesen heute gar nicht mehr so seltenen Weg haben die Galettes-Spezialisten eingeschlagen. Kenner wissen, dass es sich dabei um Buchweizenpfannkuchen handelt, die zum Beispiel mit Blauschimmelkäse und Birnen ziemlich delikat sind. Auch Klassiker wie das Boeuf Bourgignon und die Weine von der nahen Loire sind vorzüglich. Einzig das grelle Licht darf noch ein wenig gedimmt werden.

➔ DÉLIBON

Agnesviertel | www.delibon.de | Di–So 12–22 Uhr | Sudermanstr. 12 | Tel. 0221 16903786

KREATIV IM KRANHAUS: COCKTAILS ZUM ESSEN

Tapas und Bier kann jeder. Hier dagegen serviert die Küche deutsche Kleinigkeiten in Kombination mit Cocktailkreationen. Das hat es in dieser Form in Köln noch nie gegeben und ist somit genau das Richtige, um bei den Freunden Eindruck zu schinden, denn das Essen kommt aus der Küche des Sterne-Restaurants Ox & Klee, das eine Etage darüber residiert. Wer im Bayleaf essen geht, hat zugleich einen guten Vorwand, endlich mal wieder Kölns städtebaulichem Vorzeigestück einen Besuch abzustatten: dem Rheinauhafen.

➔ BAYLEAF

€€€ | Südstadt | www.bayleaf.cologne | Di–Fr 12–15 u. Di–Sa 18.30–0 Uhr | Kranhaus 1, Im Zollhafen 18 | Tel. 0221 16956601

Gut beraten

Keine Ahnung von Wein? Im Tanica hilft man Ihnen gerne

... DEN SCHWIEGER-ELTERN

Maria, der Schwieger-mutter schmeckt's doch!

Hand-arbeit
Fingerspitzen-gefühl beweist das Taku-Team beim Anrichten

DICKE HOSE

Ihre Schwiegereltern sind echte »Foodies«? Das kann teuer werden. Aber wenn Sie schon viel Geld ausgeben, dann sollte es auch ein unvergessliches Erlebnis für alle sein. Reservieren Sie also rechtzeitig einen der extrem begehrten Tische und sorgen Sie dafür, dass der Blick auf den Rhein frei ist. Den Rest überlassen Sie Patron Daniel Gottschlich, Kölns Shootings-Star hat sich kürzlich seinen zweiten Stern erkocht. Seine Menüs mit vier bis acht Gängen sind geschmacklich, optisch und sensorisch sehr beeindruckend.

➔ OX & KLEE

€€€ | Südstadt | www.oxundklee.de | Di–Sa 19–1 Uhr | Kranhaus 1, Im Zollhafen 18 | Tel. 0221 16956603

BRAUHAUS MIT KÖLSCH-ERSATZ

Wenn der Besuch zu granteln anfängt, sobald das Wort »Kölsch« fällt, spielen Sie ruhig das Hellers als Trumpf aus. Der Braumeister hat auch Pils und Weizen im Repertoire – und, seien wir ehrlich, sogar das Alt schmeckt gut. Was es mit den hauseigenen und anderen Biersorten auf sich hat, wird INSIDER TIPP mittwochs im Bierseminar erläutert.

➔ HELLERS BRAUHAUS

Kwartier Latäng | www.hellers.koeln | tgl. ab 17 Uhr | Bierverkostungen 25 Euro | Roonstr. 33 | Tel. 0221 2401881

STERNE-SCHMAUS IM SOUTERRAIN

Fein ausbalancierte Küche mit bekömmlichen asiatischen Gerichten. Ein Michelinstern und eine exzellente Weinauswahl. Dazu ein zen-mäßiges Ambiente und Personal mit vorzüglichen Umgangsformen. Das sollte selbst die kritischsten Schwiegereltern begeistern. Kleiner Nachteil: Um die Rechnung zu begleichen, ist eventuell die Aufnahme eines Kredits erforderlich.

➔ TAKU

€€€ | Altstadt | www.excelsiorhotelernst.com | Di–Sa 18.30–21.30 Uhr | Trankgasse 1 | Tel. 0221 2703909

HIMMLISCHER HIMALAYA

Innovationen auf gehobenem Niveau waren zuletzt eine Seltenheit. Umso freudiger haben die Schlemmermäuler der Stadt den vierten König begrüßt. Sein Alleinstellungsmerkmal: französische Küche mit indischen Einflüssen. Dabei sind Gerichte wie hausgemachte Ravioli mit Himalaya-Trüffeln mehr als bloßer Selbstzweck. Die Kompositionen werden in gediegenem Ambiente serviert.

➔ DER VIERTE KÖNIG

Sülz | www.derviertekoenig.com | Mi–So 18–23 Uhr | Gottesweg 165 | Tel. 0221 48481288

IM BURGER-HIMMEL

Die ersten Burger der Stadt, die landesweite Aufmerksamkeit bekommen haben! Damit ist das hübsch geflieste, aber für eine offene Küche eigentlich viel zu kleine Lokal 2011 überregional bekannt geworden. Wer auf dem Lande wohnt, ist mit einem Besuch daher wahrscheinlich zu beeindrucken. Zumal die turmhohen Kompositionen variieren und immer noch verdammt gut sind.

➔ DIE FETTE KUH

Südstadt | www.fettekuh.de | tgl. 12–23 Uhr | Bonner Str. 43 | Tel. 0221 37627775

SAVOIR-VIVRE AUF ELSÄSSISCH

Senfsuppe mit Speck oder Spargelgratin mit Roquefort sind Grund genug, das sympathische Restaurant in Sülz zu besuchen. Außerdem ist der Service flott und unkompliziert. Die blumigen Weine aus dem Elsass (Gewürztraminer!) tun ihr Übriges. Beides mundet in der gemütlichen Stube, schmeckt aber im Sommer auf dem Trottoir noch eine Nuance besser. Wer Klischees liebt: Nach Vorbestellung werden auch INSIDER TIPP Froschschenkel serviert.

➔ PETITE FRANCE IM BERRENRATHER HOF

Sülz | www.berrenrather-hof.de | Di–So 17–1 Uhr | Berrenrather Str. 221 | Tel. 0221 4202720

... DEN KLEINEN MONSTERN

Lara will nicht aus dem Pommes-Paradies abgeholt werden

ESSEN UND SPIELEN, EINE RUNDE SACHE

Man hat ja schon vieles gesehen. Aber ein Restaurant mit zwei ausgewachsenen Boulebahnen? Ja! Familien nehmen das Angebot gerne an, denn auch die französische Küche mit leckeren Rillettes oder schmackhaften Muscheln ist eine runde Sache. Dabei sind es keineswegs nur die Kinder, die mit den Kugeln hantieren. Doch Inhaber Kim Rieger, der mehrfacher deutscher Meister ist, würde sich über erfolgreiche Nachwuchsarbeit sicherlich freuen.

➔ HARDY KUGEL

Südstadt | www.hardy-kugel.de | Mo–Sa 17–1 Uhr, So 17–23 Uhr | Ubierring 58 | Tel. 0221 16823265

RIESENHUNGER

Hunger? Okay! Oma Kleinmann ist berüchtigt für ihre riesigen Schnitzel, die wahlweise vom Schwein oder vom Kalb kommen. Die stehen auf der Karte auch als Kinderversion (mit Pommes und Salat). Sollte das den hungrigen Zwergen noch nicht genügen, bleibt von den Erwachsenen garantiert genug übrig.

➔ OMA KLEINMANN

Kwartier Latäng | www.beiomakleinmann.de | Di–Do, So 17–24, Fr, Sa bis 1 Uhr | Zülpicher Str. 9 | Tel. 0221 232346

LUSTIG MIT BITTERBALLEN

Hollandurlauber wissen das: Mit Kroketten und Frietjes ist man mit dem Nachwuchs immer auf der sicheren Seite. Das sympathische Lokal aber hat noch eine ganze Menge im Angebot, was den Besuchern unseres Nachbarlands bekannt vorkommen dürfte. Dazu gehören Frikandel, Bitterballen und Saté. Zu den dicken Fritten gibt es natürlich die obligatorische Vielzahl an Saucen. Beim Bier sieht die Lage sogar noch besser aus, denn es stammt aus Belgien. »Op uw gezondheid!«

➔ MARIA EETCAFÉ

Belgisches Viertel | Hans-Böckler-Platz 1–3 | www.maria-koeln.de | Mo–Fr ab 17, Sa ab 15, So 15–22 Uhr | Tel. 0221 94657878

Mehr!
Auf der Liste der unverzichtbaren Lebensmittel steht Kakao ganz oben

DER BURGER-MEISTER

Mit Ketten-Fast-Food gibt sich der Nachwuchs heute nicht mehr zufrieden. Nein, der Burger muss schon aus einer Manufaktur kommen. Die Buletten hier sind tatsächlich sehr aromatisch, was auch daran liegt, dass die Patties auf Lava-Kohle gegrillt werden.

➔ **FREDDY SCHILLING**

Kwartier Latäng | www.freddyschilling.de | So–Do 12–22, Fr, Sa 12–23 Uhr | Kyffhäuserstr. 34 | Tel. 0221 16 95 55 15
Eigelstein | So–Do 12–22, Fr, Sa 12–23 Uhr | Eigelstein 147 | Tel. 0221 16 89 44 47

BÄLLE-BAD IM BELGISCHEN

So macht das Elternleben Spaß: Während die Kids unbekümmert im Bälle-Bad wühlen, können Sie mit Hilfe von Chai Latte oder ChariTea die Vorzüge des Großstadtlebens genießen. Ein vitaminreiches Frühstück oder hausgemachter Kuchen versüßen den Tag je nach Uhrzeit zusätzlich. Sonntags gibt es von 10–13 Uhr ein großes INSIDER TIPP Frühstücksbuffet, das für Kinder bis zu sechs Jahren nur 1 Euro und für Sechs- bis Zwölfjährige 6 Euro kostet (Erwachsene zahlen 13,90 Euro).

➔ **HALLI GALLI**

Belgisches Viertel | www.cafe-halligalli.de | Mo–Fr 10.30–18, So 10–17 Uhr | Mozartstr. 39 | Tel. 0221 60 60 19 19

EIN GLÜCKSFALL FÜR FAMILIEN

Waffeln am Stil, eine eigene Kaffeemischung aus dem Hause Schamong und ein Sandkasten im Innenhof. Mit dieser Kombination schafft es das kleine Café mühelos in die Spitzengruppe der familienfreundlichen Gastronomiebetriebe. Wenn der Andrang nachlässt, macht sich die Crew daran, den Kuchen zu backen. Vorbildlich!

➔ **FRÄULEIN FRIDA**

Ehrenfeld | www.fraeulein-frida.de | Mo–Fr 9.30–18, So 10–18 Uhr | Subbelrather Str. 179 | Tel. 0221 96 26 00 35

Zu alt dafür? Von wegen!

Wieder Kind sein

LÄSSIG LANDEN

Sie wollten schon immer mal im Hubschrauber die Alpen überqueren? Oder doch lieber während eines Sturms auf einer Bohrinsel in der Nordsee landen? Der Simulator macht es möglich. Das Gerät dient normalerweise der Pilotenausbildung, kann aber auch von Laien ohne Vorkenntnisse bedient werden – es ist ja nur ein Simulator.

➔ **FLUGSIMULATOR KÖLN**
City | www.yourcockpit.de | 30 Minuten ab 69 Euro | Im Mediapark 5 d

HOLE IN ONE IM DUNKELN

Minigolf ist öde? Das war einmal! Neuerdings treffen sich vor allem junge Leute zum Kräftemessen: Dabei gilt es, in abgedunkelten Räumen bei Schwarzlicht virtuelle und echte Hindernisse zu überwinden. Gar nicht so einfach, denn die Akteure tragen eine 3D-Brille, während sie die Bälle einzulochen versuchen.

➔ GLOWING ROOMS

Ehrenfeld | Mo–Do 14–21, Fr 13–23.45, Sa 10–23.45, So 10–21 Uhr | 10 Euro | Venloer Str. 383 | Tel. 0221 58 98 33 85

GRAND PRIX IN DER HALLE

Ein Tunnel und eine 380 Meter lange Steilkurve gehören zum anspruchsvollen Parcours, der zur Selbstverwirklichung ambitionierter Fahrer mit extra griffigem Asphalt ausgelegt ist. So kann der Motorsport in der Halle schnell zur Erfüllung eines Jungentraums werden, denn die Gefährte bringen bis zu 60 Stundenkilometer auf den Tacho.

➔ KART-CENTER KÖLN

Rodenkirchen | www.kartcenter-cologne.de | Mo–Do 14–22, Fr 13–23, Sa 11–23, So 10–22 Uhr | Zehnerkarte 90 Euro | Kelvinstr. 5–7 | Tel. 02236 87 88 88

TEAMBUILDING AUF DEM WASSER

Handwerkliche Fähigkeiten sind ja wieder angesagt. Warum also nicht mal mit ein paar Kumpels ein Floß bauen und damit ein kleines Rennen gegen andere Teams starten? Diesen Wunsch erfüllen die Flussfreunde auf Gewässern ohne kommerzielle Schifffahrt. Die Crew stellt auch das Baumaterial, Schwimmwesten und bei Bedarf Wasserpistolen zur Verfügung.

➔ FLUSSFREUNDE

verschiedene Orte | www.flussfreunde.de | ab 29 Euro | Tel. 0221 96 67 39 51

AUF KUFEN DURCHS BAD

Im Schwimmbad Schlittschuhlaufen ist hier keine Utopie: Ein Rundkurs führt in einer Art Zwischengeschoss sowohl durch das Hallenbad, als auch durch die Eishalle. Quasi eine Reise durch Aggregatzustände des kölnischen Wassers. Anschließend warten in der Sauna Dampf und ein heißer Aufguss.

➔ LENTPARK

Agnesviertel/Nippes | www.koelnbaeder.de | Eislaufen ab 8,10, Sauna ab 16,20 Euro | Lentstr. 30 | Sept.–April wechselnde Öffnungszeiten | Tel. 0221 27 91 80 10

... DER LIEBEN FAMILIE

Essen gehen mit Kind und Kegel

PIZZA-REVOLUTION

Weiße Pizza? Das kennen weder Omi noch die Kids. Dabei ist die Variante mit Teig, Mozzarella und Öl nur eine von vielen Kombinationsmöglichkeiten in dieser modernen Spielart der Pizzeria: Gäste können aus Teig, Sauce und Belag wählen, aber natürlich auch einfach ein bewährtes Rezept wie »Pancetta e Spinaci« aus der Backstube. Das Ganze kommt kurz bei extremer Hitze in den Ofen. Es geht aber auch ohne Teig, denn das Lokal ist mit einer Salatbar verbunden.

➔ NEO NEO

City | **www.neoneo.de | Mo–Sa 12–22, So 18–21 Uhr | Friesenwall 81 | Tel. 0221 78 94 47 15**

ALLES RUND: EIN FEST FÜR DIE GANZE FAMILIE

Auf der Karte dieses Lokals wird wirklich jeder fündig: Egal ob Pizza, Pasta Mama, Salat mit Filetspitzen oder mediterrane Klassiker wie Kalbsschnitzel in Zitronenbutter – alles schmeckt rund und unkompliziert. Weiß getünchte Wände und herzlicher Service sorgen für eine behagliche Atmosphäre – und wenn die Temperaturen es zulassen, steht ein zauberhafter kleiner Innenhof zur Verfügung. Am besten lassen Sie noch etwas Platz für das Dessert, denn die INSIDER TIPP Torten sind eine Wucht.

➔ IL BAGUTTA

Kwartier Latäng | **www.ilbagutta.de | Mo–Fr 12–1, Sa, So 17–1 Uhr | Heinsbergstr. 20 | Tel. 0221 21 26 94**

ANGENEHM UNENTSCHLOSSEN

Eine bunt zusammengestellte Speisekarte und ein freundliches, helles Ladenlokal. Sieht so heute ein Familienrestaurant aus? Vielleicht, denn alle Geschmäcker unter einen Hut zu bekommen, ist sonst gar nicht so einfach. Vom gegrillten Oktopus für die Foodie-Mama über das Kalbschnitzel für Opa und das Angus-Rumpsteak für Vater und Sohn bis zum Grünen Thai-Curry, das sich die pubertierende Tochter und die Oma teilen, mag der Weg weit sein. Doch die Qualität stimmt.

➔ WIPPN'BK

Südstadt | **www.lecker-essen-suedstadt.de | tgl. 9–24 Uhr | Ubierring 35 | Tel. 0221 32 61 33**

KÜHLE SOMMERFREUDEN

Ein Restaurant mit schattigem Innenhof mitten in Ehrenfeld? Das ist die perfekte Wahl für ein sommerliches Familienessen. Aus der Küche kommen unkomplizierte, aber mit Liebe gekochte Speisen wie Rotbarbe mit Kokosgemüse oder paniertes Schnitzel mit Kartoffelgratin. Die Weine sind sorgsam ausgesucht und stammen von eher unbekannten Gütern.

SECCO

Ehrenfeld | www.weinlokalsecco.de | tgl. 17–1 Uhr und Di–Fr 12–15 Uhr | Simrockstr. 2 | Tel. 0221 5 50 52 00

FEINKOST UND CHANSONS

Französische Landküche in intimem Ambiente? Das funktioniert nirgendwo so gut wie in Kölns kleinstem Restaurant, das sich in einem Feinkostgeschäft befindet und das Sie INSIDER TIPP für einen Abend mit der Familie komplett mieten können. Die Crew tischt deftige Gerichte, süffigen Wein und Chansons auf. Anreiz für Kinder: Die Inhaberin ist hauptberuflich Zirkusdirektorin.

LE BOUFFON

€€€ | Lindenthal | www.le-bouffon.de | Zülpicher Str. 296 | Tel. 0221 94 38 26 26

COOLE ALPENKÜCHE

Faschierter Strudel, Backhendl und Sudfleisch wirken auf hiesigen Speisekarten ein wenig exotisch. Doch die österreichische Küche birgt noch weitaus mehr kulinarische Schätze, die in unseren Breitengraden gerne unterschätzt werden. Auf der Karte wird die ganze Familie fündig. So wundert es nicht, dass das Lokal auch nach seinem Umzug in die viel größeren Räume an der Luxemburger Straße immer gut gefüllt ist.

GASTHAUS SCHERZ

Sülz | www.scherzrestaurant.de | Di–So 12–14.30 u. tgl. 18–22.30 Uhr (Barbetrieb bis 1 Uhr) | Luxemburger Str.256 | Tel. 0221 16 92 94 40

Was nimmst du?

Die Karte des Wippn'BK ist so bunt gemischt wie manche Familie

... DER GANZEN VERWANDTSCHAFT

Feste feiern, wo Platz für alle ist

DIE KÖLSCHE DNA

Der Opa ist froh, für den Nachwuchs heißt es derweil, sich schon mal mit dem Brauhaus vertraut zu machen. Es ist ja auch gemütlich in Gastraum, Aula und Kabäuschen – und im Sommer kommt noch ein Biergarten hinzu. Die Brauhausküche ist solide, besonders gut ist die INSIDERTIPP hausgemachte Bratwurst mit Kräutersenf. Das hauseigene Kölsch würde überall sonst auf der Welt als Craft-Beer verkauft.

➔ BRAUHAUS PÄFFGEN

City | www.paeffgen-koelsch.de | So–Do 10–24 Uhr, Fr, Sa 10–0.30 Uhr | Friesenstr. 64–66 | Tel. 0221 13 54 61

PRIMA PLATTEN

Ein runder Geburtstag steht an? Ciro Rinaldi schließt für diesen Fall die Südstädter gerne mal aus seinem Feinkostladen aus, für einen Abend oder Nachmittag. Stattdessen serviert er an einer langen Tafel Feinkostplatten, auf denen für jeden Geschmack etwas drauf ist. Als Hauptspeise folgt einfache, aber leckere Pasta – und um »Dolci« muss man sich ohnehin keine Gedanken machen.

➔ LUDARI

Südstadt | www.ludari.de | Di–Do 10–18, Fr, Sa 10–21 Uhr und nach Vereinbarung | Severinstr. 50 b | Tel. 0221 8 01 87 68

ALL YOU CAN COOK AUF ASIATISCH

Sie wollen Nachwuchs oder Schwiegereltern beschäftigen – und vielleicht sogar an die hohe Kunst des Kochens heranführen? Dann ab in dieses asiatische Lokal, wo die Gäste ihre Gerichte selber zusammenstellen, um sie anschließend vor den eigenen Augen von einem Koch zubereiten zu lassen. Das gewährt Spielraum für Unterhaltungen mit dem Rest der Familie, zumal es innerhalb von zwei Stunden beliebig oft Nachschlag gibt.

➔ MONGO'S

Deutz | www.mongos.de | Mo–Do 12–24, Fr, Sa 12–1, So 11.30–24 Uhr | Ottoplatz 1 | Tel. 0221 9 89 38 10

Gut gelaunt Das muss an der guten Küche im Mongo's liegen

SCHÖNE STUNDEN AM SEE

Sie brauchen für die ganze Familie einen Platz an der Sonne mit Seeblick? Dazu keinen Autoverkehr weit und breit, im Hintergrund die Bundesliga und ein anständiges Kölsch? Für Tage wie diese ist der Biergarten am Aachener Weiher wie gemacht. Unter diesen Umständen kann man auch schon mal mit »Cheeseburger komplett«, »Pizza Spinaci« oder »Currywurst mit Brot« vorlieb nehmen.

➔ BIERGARTEN AM AACHENER WEIHER

Kwartier Latäng | www.biergarten-aachenerweiher.de | bei gutem Wetter tgl. 11–24 Uhr | Richard-Wagner-Str. | Tel. 0221 5 00 06 14

WIE EIN TAG AM MEER

Die Lage mit Blick auf den Adenauerweiher ist ein Traum. Von der Stadt ist nichts zu hören. Die Kids haben auf einer eingezäunten Wiese Platz zum Spielen. Noch dazu kann es recht unterhaltsam sein, den Rest der Familie vorrübergehend zu ignorieren, um die Lindenthaler Schickeria bei der Schilderung ihrer vornehmen Problemchen zu belauschen. Ach ja, durchaus hochpreisige Getränke und gute Snacks gibt's auf der Terrasse, gehobene Küche nebenan im Bistro-Restaurant des Club Astoria.

➔ SEASIDE GARDEN

Müngersdorf | www.club-astoria.eu | geöffnet je nach Wetterlage, Di–So 12–23 Uhr | Guts-Muths-Weg 3 | Tel. 0221 9 87 45 10

SOMMER IN DER STADT

Schöner, ruhiger und familienfreundlicher als hier dürften Urlaubstage in der Stadt kaum werden. Neben den üblichen Grillwürsten serviert die vielseitige Küche des Biergartens auch Steaks, Penne und Salate. Wenn die Kinder satt sind, können sie im großzügigen Park ihre eigenen Wege gehen. Die Erwachsenen können unterdessen an leckerem Bio-Gerstensaft nippen.

➔ HELLERS VOLKSGARTEN

Südstadt | www.hellers.koeln | bei gutem Wetter tgl. ab 11.30 Uhr | Volksgartenstr. 27 | Tel. 0221 38 26 26

FÜR WELCHEN HUNGER DARF'S WAS SEIN?

RIESEN-KOHLDAMPF

Hier wird garantiert jeder pappsatt

PARADIES FÜR HUNGRIGE

Die kölsche Variante des modernen Markthallentrends für Genießer kann sich sehen lassen: In einem Hinterhof werden Sie zunächst von einem Fischhändler begrüßt. Im Haupthaus haben Sie auf zwei Etagen die Wahl zwischen Würstchen von der »gläsernen Metzgerei« Lappen & Prengel, handgemachten Backwaren von Bergheim's und vielen weiteren Köstlichkeiten. Reichlich gefüllt mit regionaler Küche, mediterran angehaucht, werden Ihre Teller im Bistro Garten Eden im Souterrain. Wer richtig Hunger hat, legt Süßes aus der Patisserie Barré nach oder Käsiges von Terre de Provence. Eine Niederlassung von IMI-Weine sorgt für die flüssigen Begleiter.

➔ MARKTHALLE BELGISCHES VIERTEL

Belgisches Viertel | www.markthalle-belgisches viertel.de | Mo–Sa 10–20, Gastro jeweils ab 12 Uhr | Maastrichter Str. 45

HIGH-CARB

Wenn Sie gerne Pizza, Pasta und Salate essen, sind Sie eingeladen, den Teller vom Buffet so oft vollzuladen, bis Sie satt sind – und das für 8,50 Euro. Vielleicht kein Zufall: das Fachgeschäft für Mode in Übergrößen nebenan.

➔ TUTTO

Altstadt | www.tutto-restaurant.de | Mo–Do 12–21, Fr, Sa 12–22 Uhr | Kreuzgasse 2–4 | Tel. 0221 54 81 64 61

Alles Käse

Aber satt. Nur Delikatessen mit Background landen in der Markthalle

GIGANTEN VOM GRILL

Darling der Burger-Kultur ist ein Restaurant, das ausschließlich Fleisch von der Rinderrasse Bœuf de Hohenlohe verwendet. Beim Puristen-Burger kommen rekordverdächtige 220 Gramm zum Einsatz. Für die Würze hat der Chef einen INSIDER TIPP Cocktail aus Edelsalzen kreiert. Antibiotika und andere Zusatzstoffe kommen nicht zum Einsatz.

➔ KARL HERMANNS

€€€ | Ehrenfeld | www.karlhermanns.de | Mo–Do 11.30–23, Fr 11.30–24, Sa 10–24, So 10–22 Uhr | Venloer Str. 538 | Tel. 0221 59 55 79 60

JAPANISCHES ALL-YOU-CAN-EAT

Die Gäste wählen bei dem All-you-can-eat-Angebot dieser kleinen Kette aus knapp 100 japanischen Häppchen aus, und zwar innerhalb von zweieinhalb Stunden so oft sie wollen fünf Gerichte. Die nächste Runde darf bestellt werden, wenn der Teller leer ist.

➔ OKINII

€€€ | Südstadt | www.okinii.de | Mo–Do 12–15, 18–23.30, Fr, Sa 12–24, So 12–23.30 Uhr | Blaubach 1 | Tel. 0221 33 17 81 90

HAXEN FASSEN!

Kölner wissen, was sie erwartet, wenn sie ein Hämmchen bestellen: eine Schweinshaxe. Die großen Portionen aber sind nicht das einzige Thema hier, denn das Haus ist schon seit dem 13. Jahrhundert eine Gaststätte. Alle Besucher kamen seitdem in den Genuss des Rheinblicks.

➔ HAXENHAUS

Altstadt | www.haxenhaus.de | tgl. 11.30–1 Uhr, Küche bis 23 Uhr | Frankenwerft 19 | Tel. 0221 9 47 24 00

DICKE BRETTER BOHREN

Das Lokal ist viel besungen, und die Koteletts sind tischplattendick. In Kombination mit den üppigen Fritten-Portionen ist das Essen kaum zu bewältigen, gäbe es da nicht das unschlagbare Päffgen Kölsch zum Runterspülen. Bringen Sie Zeit mit, die Stammgäste nach Legenden zu befragen, die sich um die kölschste aller Kneipen ranken.

➔ **LOMMERZHEIM**

Deutz | **tgl. außer Di 11–14.30, 16.30–24 Uhr** | **Siegesstr. 18** | **Tel. 0221 81 43 92**

BIS ZUM RAND

Sie mögen es gern scharf und bringen reichlich Hunger mit? Egal ob Sie im Thali »Lamm Vindaloo« oder »Hühnchen Masala« bestellen: Die Teller bei diesem freundlichen Inder sind immer bis zum Rand gefüllt. Die Einrichtung mag ein wenig nüchtern sein. Dafür gehört ein aus dem Fernsehen bekannter Philosoph zu den Stammgästen.

➔ **THALI**

Kwartier Latäng | **www.thalikoeln.com** | **Mo–Sa 12–14.30, 18–23.30, So 18–23.30 Uhr** | **Engelbertstr. 9** | **Tel. 0221 23 91 69**

PIPELINE IN DEN PAZIFIK

Naturreis oder Sushi-Reis? Dazu wahlweise roher Fisch, Algen, Edamame-Bohnen, diverse Saucen, Kräuter und andere Zutaten. Und schon ist die hawaiianische Bowl voll. Das ist nicht nur lecker und gesund, sondern auch sehr nahrhaft. Wenn Sie die große Portion bestellen, kommen Sie damit locker durch die längste Ehrenfelder Club-Nacht. Zum Herunterspülen bietet sich das exotische Surfer-Bier Pipeline an.

➔ **ALOHA POKÉ**

Ehrenfeld | **Mo–Sa 11.30–22, So 13–21 Uhr** | **www.aloha-poke.com** | **Venloer Str. 380** | **Tel. 0221 29 42 80 14**

GEHALTVOLLE HÜLSENFRÜCHTE

Vegetarisch ist für den hohlen Zahn? Nicht, wenn es um Hummus geht. Das mit Olivenöl, Zitronensaft, diversen Gewürzen, Nüssen und Kräutern angereicherte Kichererbsenpüree ist außerordentlich nahrhaft. Die verschiedenen Zubereitungen beherrscht das mit dem deutschen Gastro-Gründerpreis ausgezeichnete Team so, als stammte es aus Beirut oder Tel Aviv.

➔ **MASHERY**

Kwartier Latäng | **www.mashery-hummus.de** | **Mo–Sa 12–22 Uhr** | **Roonstr. 36** | **kein Telefon**

Ur-Kölsch

Schon bei Hans Lommerzheim waren Riesenkoteletts Kult

GUT FÜR DIE FIGUR

Bikini sitzt und trotzdem satt

RETTET DIE WELTMEERE!

Durch den steigenden Sushi-Konsum werden die Meere leergefischt? Mag sein. In diesem Lokal aber machen Sie sich daran nicht mitschuldig, denn es werden ausschließlich vegetarische Maki und Nigiri serviert. Darunter leiden weder die Optik noch der Geschmack. Leicht und gesund sind die Mahlzeiten sowieso.

➔ **MAKI MAKI SUSHI GREEN**

City | www.sushigreen.de | tgl. 17.30–22, Sa ab 15 Uhr | Mauritiussteinweg 20 | Tel. 0221 93 11 56 78

HUNGER ERLEDIGT – AUF DIE FRISCHE UND SAFTIGE TOUR

Bei der kleinen Kette mit sieben Filialen können vitamindurstige Kunden einen Salat in groß und dazu einen frisch gepressten Saft bestellen. Das ist lecker und auch nahrhaft, wenn die Wahl etwa auf Thai-Chicken mit Erdnüssen und Chili-Erdnuss-Dressing fällt. Als Sattmacher stehen Nudelsalate und belegte Panini zur Auswahl und für jeden Wochentag ein INSIDER TIPP Kombi-Deal aus großem Salat und Saft für 8,50 Euro.

➔ **SUPA SALAD**

Altstadt | www.supasalad.com | Mo–Fr 10–22, Sa 12–22 Uhr | Friesenwall 81 und neun weitere Standorte | Tel. 0221 78 94 47 15

LEICHT WIE AM MITTELMEER

Schlanke Küche muss nicht aus Superfood-Labors kommen. Dieses kleine Bistro bittet lieber mit Speisen traditioneller Art zu Tisch. Dazu gehören eingelegtes Gemüse mit Reis, bunte Salate, aber auch magere Fleischgerichte. Die Zubereitung erfolgt vorzugsweise nach Art der persischen Vorfahren oder nach den Prinzipien der mediterranen Küche.

➔ **LIBELLE**

Südstadt | facebook: Libelle – leichtes Essen | Mo–Fr 11.30–22, So 9–21 Uhr | Darmstädter Str. 4 | Tel. 0221 39 76 08 55

Ganz schön knackig

Da wird die Diät zum Vergnügen

VEGANES AUS VIETNAM

Auf den Teller kommen nur frische und betont leicht verdauliche Zutaten, möglichst aus biologischem Anbau. Geschmacksverstärker, künstliche Zusatzstoffe und genveränderte Lebensmittel sind selbstredend tabu. Die Gerichte wechseln regelmäßig. Dazu gehören so ungewöhnliche Kombinationen wie Veggie-Entenfilet mit Taro, Lotuswurzeln und Wasserkastanien.

➔ WELL BEING

City | www.wellbeing-koeln.de | Mo–Fr 11.30–16 und 17–22.30, Sa 12–23 Uhr | Am Rinkenpfuhl 57 | Tel. 0221 29 92 56 82
City | Mo–Fr 11.30–15, Di–Fr 17–22, Sa, So 14–22 Uhr | Kleiner Griechenmarkt 23–25 | Tel. 0221 99 75 88 01

HAUTE CUISINE MIT LOW-CARB

Sie wollen kürzer treten bei den Kohlehydraten, aber trotzdem schlemmen? Dafür bietet Köln eine überregional bekannte Adresse. Küchenchef Cristiano Rienzner konzentriert sich auf das Wesentliche: erlesenes Fleisch von Tieren aus nachhaltiger Zucht, feinen Fisch und Meeresfrüchte aus Wildfang. Diese Zutaten bereitet der Chef auf einem Josper-Grill zu, der bis zu 850 Grad Hitze erzeugt. Ein besonderes Erlebnis, das sein Geld wert ist.

➔ PURE WHITE

€€€ | Belgisches Viertel | www.pure-white-food.de | Mo–Sa 18–24 Uhr | Antwerpener Str. 5 | Tel. 0221 29 43 65 07

SUPERFOOD FÜR DIE SCHÖNHEIT

Eines der großen Versprechen unserer Zeit ist Superfood – getrocknete Beeren oder schonend verarbeitete Körner, denen eine Wunderwirkung in Sachen Energiebilanz zugeschrieben wird. Eine sympathische Einführung in das weite Feld ermöglicht dieses kleine Deli, das Açai, Acerola, Ingwer und Matcha lecker in Schalen kombiniert, was auch noch toll aussieht.

➔ THE GREAT BERRY

Belgisches Viertel | www.thegreatberry.de | Mo 11–17.30, Di–Fr 9–17.30, Sa 10–17 Uhr | Limburger Str. 18 | Tel. 0221 45 58 05 54

Kill die Kilos!

Kaumuskel trainiert? Nun folgt der Rest!

ZIRKEL-TRAINING UNTER FREIEM HIMMEL

Sie sind reif für Selbstoptimierung? Oder, noch besser, Selbstkasteiung? Für diesen Fall wurde das Boot-Camp erfunden. Das Ganze allerdings ist nicht annähernd so martialisch, wie der Name andeutet. Vielmehr handelt es sich um eine Alternative zum stickigen Fitness-Studio auf einer der vielen Kölner Grünflächen. Motivation durch Gruppendynamik inklusive!

➔ BOOT-CAMP

verschiedene Grünflächen | **www.bootcampkoeln.de** | **Probetraining gratis** | **Tel. 0176 84 80 49 20**

RIKSCHA-FAHREN ODER ESSEN LIEFERN

Sie haben aufgehört, sich über die Rüpel auf zwei Rädern zu ärgern, und neiden den Essensauslieferern nun ihre drahtigen Körper? Dann wechseln Sie doch die Seiten und verbinden Sport mit Geschäft. Verfügen Sie über das Wissen eines Stadtführers, lockt alternativ ein bewegungsintensiver Job am Steuer einer Fahrradrikscha. Der Stundenlohn für beide Jobs liegt bei neun Euro – plus Trinkgeld.

➔ FAHRRADRIKSCHA PERPEDALO

Kwartier Latäng | **www.perpedalo.de** | **Moselstr. 68** | **Tel. 0221 60 47 89**

RUDERN AN DER RIVIERA

Ein Mannschaftssport, der die Knie nicht belastet und noch dazu den Oberkörper stählt. Diese eierlegende Wollmilchsau ist unter Kennern als Rudern bekannt. Auf dem Rhein bei Rodenkirchen kommt noch ein weiterer Pluspunkt hinzu: An der örtlichen »Riviera« können Sie den Sport besonders publikumswirksam vor den Augen sonnenbadender Städter betreiben.

➔ KÖLNER RUDERVEREIN 1877

Rodenkirchen | **www.krv77.de** | **Barbarastr. 47–49** | **Tel. 0221 39 29 86**

JUMP AROUND, JUMP AROUND!

Ausdauersport ist langweilig? Nicht auf dem Trampolin. Im Jump House in Ossendorf können Sie Ihre Kondition und Beweglichkeit gleich auf 120 Trampolinen fördern. Highlight ist die Ninja-Box, in der die Sportler 15 Hindernisse überwinden müssen, um zum Ziel zu gelangen. Dabei geht es nicht nur um Kraft und Geschicklichkeit, sondern auch um Mut und Schnelligkeit.

➔ JUMP HOUSE

Ossendorf | **www.jumphouse.de** | **ab 14 Euro pro Stunde** | **Köhlstr. 10** | **Tel. 0221 64 30 44 40**

RAUF AUFS STAND-UP-PADDEL-BOARD

Vom Zuschauen wird man nicht besser. Selbst wenn Sie sich an den Anblick der stehenden Paddler längst gewöhnt haben, wird es endlich Zeit, mal die eigenen Balance-Fähigkeiten zu überprüfen. Auf dem Fühlinger See, der ohnehin immer eine Reise wert ist, können Sie zwischen Gruppenkursen und persönlichem Trainer wählen. Leih-Board inklusive.

➔ SUP-STATION KÖLN

Chorweiler | **www.supstationkoeln.de** | **Mai–Sept.** | **Fühlinger See** | **Stallagsbergweg 1** | **Tel. 0178 5 22 33 05**

SO RICHTIG GESUND

So werd ich 100 Jahre alt!

SUPERFOOD UND SMOOTHIES

»Wake-up Superfood Granola« klingt genau nach dem, was Sie brauchen. Auch einem Grünkohl-Spirulina-Tee gegenüber sind Sie aufgeschlossen! Dann ab in die Antwerpener Straße, wo in einem kleinen Café gesunde Ernährung ganz groß geschrieben wird. Auch der Kaffee und die Smoothies sind hervorragend. Und das hübsche Design mit schöner Holztheke und Wänden in Türkis und Grün spricht an.

SPATZ

Belgisches Viertel | www.der-spatz.com | Mo–Fr 9.30–17, Sa 10–18, So 10–16 Uhr | Antwerpener Str. 38 | Tel. 0221 22 20 94 24

SCHLEMMEN OHNE CHEMIE

Mittags steht im Café Hibiskus eine leichte Suppe oder vegane Quiche bereit, später wird Kuchen ohne Konservierungsstoffe serviert. Der Kaffee ist fair gehandelt und stammt aus der Kölner Rösterei Moxxa. Ruhige Pastellfarben, gemütliche Einrichtung und ein familienfreundlicher Kompromiss, wenn Sie im benachbarten Plattenladen einkaufen möchten, die Begleitung aber wenig Lust dazu hat.

CAFÉ HISBISKUS

Eigelstein | www.cafehibiskus.de | Di–So 12–18 Uhr | Ritterstr. 52 | Tel. 0151 54 15 19 96

Sei ein Spatz!
Leicht wie ein Vögelchen – mit dem gesunden Futter von Spatz

BESSER BEKÖMMLICH

Die ayurvedische Kochkunst in Reinform gilt als bekömmlichste Form der Ernährung. Ein Gemüsecurry mit Basmati-Reis und Papadam ist im Vergleich zu anderen Restaurants sparsam gewürzt. Das gesundheitsbewusste Lokal hat sich auf nordindische und afghanische Gerichte spezialisiert, und die Crew kocht bereits seit 2003 mit Blick auf das Wohl von Körper und Geist.

➔ GO VHARDAN

Kwartier Latäng | govardhan-restaurant.de | Mo–Sa 12–22 Uhr | Roonstr. 3 | Tel. 0221 4 92 89 16

VIETNAM FÜR VEGETARIER

Mit dem Lu hat Toni Pham vor einigen Jahren die gastronomische Landschaft Kölns nachhaltig bereichert. Neuerdings widmet er sich der vegetarischen Küche Vietnams. Dank frischer Zutaten, punktgenauer Würze und freundlichem Service ist auch sein neues Lokal eine Bereicherung. INSIDER TIPP Es befindet sich in einem der weniger öffentlich zugänglichen Innenhöfe der Stadt mit hübschen Plätzen unter freiem Himmel.

➔ CHUM CHAY

City | www.chum-chay.de | Mo–Sa 12–23, Fei 15–23 Uhr | Friesenwall 29 | Tel. 0221 79 00 37 98

GEHT AUCH: BURGER MAL GANZ OHNE FLEISCH

Ist Ihnen das schon mal passiert? Sie sitzen in einem dieser modernen Burger-Lokale, bestellen einen »Desperado Tex Mex Burger« und merken erst beim dritten oder vierten Bissen, dass Sie es mit einem veganen Gericht zu tun haben? In diesem Restaurant geschieht das immer wieder, doch weil die Burger sehr gut schmecken, beschwert sich höchst selten ein Kunde. Kurz vor Beginn des Wochenendes gibt es das Ganze beim INSIDER TIPP Funky Friday zum Kennenlernpreis.

➔ BUNTE BURGER

Ehrenfeld | www.bunteburger.de | Mi–Do 17.30–22.30, Fr 12.30–22.30, Sa 12.30–23, So 10–22 Uhr | Hospeltstr. 1 | Tel. 0221 59 55 60 88

NIX FÜR ZUCKERPUPPEN

Mit der puppenstubigen Einrichtung, den bunten Stühlen und den Tulpenvasen könnte sich der hippe Miniladen auch in Amsterdam befinden. Hier drücken sich jene jungen Menschen rum, die ihre Schönheit noch durch den Konsum von Raw Cakes steigern möchten. Das heißt: süße und herzhafte Kuchen, die ohne bösen Industriezucker auskommen, vegan-, gluten- und laktosefrei sind und nicht über 42 Grad erhitzt wurden. Doch, doch, sie schmecken trotzdem! Ferner gibt es Suppen, Smoothies – und natürlich die namensgebenden Müslis.

➔ YUMMY MÜSLIBAR

Belgisches Viertel | facebook: Yummy Müslibar | Mo–Fr 8.45–18, Sa, So 10–18 Uhr | Brüsseler Str. 29 | Tel. 0221 29 85 66 78

SEELEN-FUTTER

Ganz viel Trost mit Schokoguss

TEE-EIS UND FALAFEL-WAFFEL

Eis kann süchtig machen. Nichts anderes will der Name »Eisdielerin« sagen. Und es stimmt: Die selbst gemachten Sorten machen glücklich und kommen ohne Zusatzstoffe aus. Probieren Sie doch mal Matcha- oder Chai-Eis, beides ist – genau wie die Sorbets – vegan. Das Angebot wird ständig erweitert, die vielen Stammkunden stürzen sich auf die herzhaften Waffeln, z. B. mit Falafel.

➔ **DIE EISDIELERIN**

Ehrenfeld | www.eisdielerin.de | Di–Fr 12–19, Sa, So 12–20 Uhr | Venloer Str. 402 | Tel. 0221 99 30 05 97

JOKER FÜR JEDEN ANLASS

Jakob Fertig kocht in seiner Eckkneipe nach Lust und Laune. Vor allem aber legt er Wert auf Frische. Auch werden die Gäste um Geduld gebeten, wenn sie in den Genuss von Kreationen kommen möchten, die fast jeden nach einem schlechten Tag wieder mit der Welt versöhnen: bretonische Fischsuppe oder Tatar vom Rind mit Trüffel-Risotto. INSIDER TIPP Auch Wein-Connaisseure können hier feierlich ihr Budget verprassen.

➔ **FERTIG**

Südstadt | www.fertig-koeln.de | tgl. ab 17 Uhr | Bonner Str. 26 | Tel. 0221 8 01 73 40

KAISERSCHMARRN UND MOZART-KAFFEE

Das luftige Wiener Schnitzel ist auf den sommerlichen Arkaden schon unwiderstehlich. Wenn Sie sich jedoch für einen Abend der alpenländischen Wohlfühlküche widmen, sollten Sie unbedingt noch Platz für das Dessert lassen: Der Kaiserschmarrn mit Zwetschkenröster und Apfelkompott ist der beste der Stadt. Dazu stehen nicht weniger als INSIDER TIPP 16 verschiedene Kaffee-Varianten zur Auswahl. Vielleicht ein Mozart-Kaffee mit Marzipanlikör?

➔ **GRUBERS**

€€€ | Agnesviertel | www.grubersrestaurant.de | Mo–Fr 12–15, Mo–Sa ab 18 Uhr, Küche bis 21.30 Uhr | Clever Str. 32 | Tel. 0221 7 20 26 70

EIS AUS DER GERÜCHTEKÜCHE

Mehr als 600 Eissorten hat Giacomo Ferigo seit 1994 kreiert, darunter Erdbeer, Schoko und Vanille, aber auch so gewagte Kombinationen wie Sauerrahm-Kresse, Birne-Petersilie und Orange-Basilikum. Somit darf er mit Fug und Recht behaupten, das italienische Eis auf ein neues Level gehoben zu haben. Der Mann macht Menschen glücklich! Stammgäste bei ihm in Bayenthal können es kaum erwarten, die Sorten der neuen Saison zu probieren. Die Gerüchteküche brodelt.

IL GELATO

Bayenthal | www.ilgelato.de | Di–So ab 11 Uhr | Goltsteinstr. 32 | Tel. 0221 34 18 88

KLEINE SÜNDEN

Tartines? Nein, das ist nichts Süßes, sondern zählt zu den kleinen Sünden, die das Gemüt mit sofortiger Wirkung aufheitern: rustikales Graubrot, zum Beispiel mit Zwiebel-Chutney, Apfelmus und Blauschimmelkäse überbacken. Das schmeckt – je nach Uhrzeit – mit einem süffigen Rotwein fantastisch. Die kleine Tageskarte begeistert zudem mit wechselnden französischen Wohlfühlgerichten wie Coq au Vin.

EPICERIE BOUCHERIE

Südstadt | www.epicerieboucherie.de | Mo, Di 16–23, Mi, Do 11–23, Fr, Sa 9–23 Uhr | Elsassstr. 3 | Tel. 0221 31 08 19 99

BROTAUFSTRICH MIT ZUKUNFT

Die Stulle feiert ein Comeback. Die Möglichkeiten der Marmelade hingegen waren nie ganz ausgeschöpft, wie dieses liebevoll eingerichtete Café binnen Sekunden beweist. Eigentümerin Carmen Gilles stellt in ihrem kleinen Labor extrem leckere Sorten her, wie sie nicht einmal die Großmutter hinbekommen hat. Wer mag, kann aber abenteuerlich klingende Marmeladen wie Campari-Orange bestellen, ganz sicher ein Balsam für die Seele! Darüber hinaus gibt's auch einen wechselnden Mittagstisch.

CARMELÄDCHEN

Südstadt | www.carmelaedchen.de | Do–Mo 10–18 Uhr | Bonner Str. 80 | Tel. 0221 99 87 64 61

Dumm gelaufen

Pannendienst – gleich nebenan

HEINZELMÄNNCHEN AM HERD GEBRAUCHT?

Die Lieblingstante kommt zu Besuch, und Sie haben keine Zeit zu kochen? Oder Sie fühlen sich der Aufgabe nicht gewachsen? Für solche Fälle bietet ein Heinzelmännchen seine Dienste an. Der erfahrene Koch stellt ein Menü zusammen, kauft ein und bereitet es vor Ort zu. Das ist nicht preiswerter als im Restaurant, wohl aber beeindruckender.

➔ STÉPHANE SUAREZ

www.ihrprivatkoch.com | Tel. 0221 2761179

NICHTS ZU TRINKEN FÜR SPONTANE GÄSTE?

Die Bar ist leer, und die Freunde stehen vor der Tür? Unangenehm. Gut also, dass es einen Cocktailservice gibt. Einfach anrufen und vor der Haustür aus dem Wagen heraus eine Runde Caipirinhas mixen lassen. Das macht was her. Diese Dienstleistung kann schon ab zwei Drinks in Anspruch nehmen – auch ohne Alkohol.

➔ MY COCKTAIL TAXI

www.mycocktailtaxi.de | Do 18–23, Fr, Sa 17–24, So 17–21.30 Uhr | Tel. 0221 25 95 04 48

SCHNELLE HILFE, WENN DER RIEMEN REISST

Die beste Freundin heiratet, und gerade ist der Träger der Lieblingshandtasche gerissen? Kein Grund zum Verzweifeln! Ina May übernimmt Reparaturen von Taschen, aber auch von Koffern oder Gürteln. Dazu der Hinweis: Eine Reparatur lohnt sich fast immer!

➔ SATTLEREI/TÄSCHNEREI INA MAY

Sülz | www.sattlerei-may.de | Di–Fr 9–18, Sa 9–14 Uhr und nach Vereinbarung | Luxemburger Str. 247 | Tel. 0221 99 02 99 07

KOSTÜM HIN? AUF ZUM JECKEN UPCYCLING!

Klar, gekaufte Karnevalskostüme gehen gar nicht! Wenn nun aber Ihre vorgesehene Verkleidung kaputt oder verschollen ist, finden Sie in diesem Geschäft Ersatz, der nicht trashig aussieht. Zum Angebot gehört auch die Anfertigung eines Wunschkostüms – und das unter Verwendung gebrauchter Klamotten.

➔ JOT JELONGE

Kwartier Latäng | www.jotjelunge.de | Mo–Fr 12–19, Sa 12–16 Uhr | Lindenstr. 53 | Tel. 0221 24 98 91

KEIN WERKZEUG IM HAUS? AB IN DIE UNIVERSALWERKSTATT!

Teilen ist sinnvoll. Wer bohren, hobeln oder schleifen muss, aber keine geeigneten Maschinen besitzt, kann diese gemeinnützige Werkstatt aufsuchen. Hier ist von der Airbrush-Pistole bis zur Stichsäge alles vorhanden. Bedingung: Sie müssen sich selber zu helfen wissen. Nur beim regelmäßig veranstalteten Repair-Café stehen Ehrenamtler zur Seite.

➔ DINGFABRIK

Neuehrenfeld | www.dingfabrik.de | Fritz-Voigt-Str. 1 | post@dingfabrik.de

SCHNELLER SNACK

Heißhunger? Auf zum Gegenangriff!

FRISCHER BACKFISCH IM BRÖTCHEN

Langsam sterben Sie aus, die althergebrachten Feinkostgeschäfte. Wenn Sie den lokalen Einzelhandel unterstützen möchten, besuchen Sie diese Fischhandlung, die seit 1950 in dritter Generation auf der »Champs-Élysée der Südstadt« existiert. Das Fischbrötchen mit Remoulade ist einfach köstlich und den ganzen Tag über verfügbar. Mittags gibt es zudem Backfisch mit Kartoffelsalat und hausgemachter Sauce.

➔ FISCH HEMBSCH

Südstadt | www.fisch-hembsch.koeln | Mo–Fr 8.30–18.30, Sa 8.30–15 Uhr | Severinstr. 68 | Tel. 0221 31 16 46

FEELGOOD-FOOD

Affen sind mitunter ziemlich diebisch. Anders in diesem kleinen Lokal, das seinen Kunden etwas zurückgeben möchte: Ruhe, Entspannung und kleine Glücksmomente – etwa in Form eines Sandwiches belegt mit sechs Stunden lang geschmortem Ochsenfleisch. Die zum Teil auch vegetarische Wohlfühlküche kommt nicht nur bei den Foodies, sondern auch bei den Kritikern an: Der Gault Millau erwähnt das Lokal in seiner aktuellen Ausgabe. Affengeil für eine gehobene Snack-Bar.

➔ BAD APE

City | www.bad-ape.de | Mo–Sa 10.30–18.30 Uhr | Alte Wallgasse 2a | Tel. 0221 98 86 08 76

SCHNELL UND SCHARF

Scharf, aromatisch und ganz frisch. So kommt Thai-Küche an, und das zeigt der tägliche Ansturm (keine Reservierung). Die Gäste haben die Wahl zwischen vier Schärfegraden. Finger Food wie Satay-Spieße, würzige Suppen und pikante Salate, die Auswahl ist riesig. Das gilt auch für die Currys aus dem Wok, mit Tofu, Ente, Meeresfrüchten und vielem mehr. Die tägliche Hektik lässt im Sommer etwas nach, wenn auch draußen Tische stehen.

➔ KRUA THAI

Belgisches Viertel | www.kruathai.koeln | tgl. 12–22 Uhr | Brüsseler Str. 40–42 | Tel. 0221 2 77 46 36
Altstadt | Heumarkt 25 | tgl. 12–22 Uhr | Tel. 0221 29 19 98 99

Auf die Hand

Fischbrötchen und ›meer‹: im Fisch Hembsch

MEHR ALS ROHER FISCH

Das mit dem Ceviche hat sich ja inzwischen herumgesprochen. Doch die peruanische Küche weiß noch mit anderen Attraktionen als nur dem Nationalgericht zu glänzen: kalter Kartoffelteig mit würziger Füllung (Causas), frittierte Teigtaschen (Empanadas) und Salate mit Superfood-Allüren (mit Quinoa und Avocado). Viele Zutaten stammen direkt aus der Andenrepublik. Das Fehlen einer Alkohollizenz kompensiert das Team mit hausgemachten Fruchtsäften.

➔ SEÑOR LORA

Südstadt | www.senorlora.com | tgl. 12–22 Uhr | Bonner Str. 33 | Tel. 0221 95 79 94 70

EINE WURST FÜR ALLE FÄLLE

Chili-Cheese-Fritten? Das verschweigen wir dem Ernährungsberater lieber. Doch die Nobel-Snackbude am Brüsseler Platz kann auch anders: Der Veggie-Hot-Dog mit Kichererbsenbällchen und Bio-Zitronenlimo klingt schon viel gesünder. So oder so eignen sich die Gerichte auch perfekt als Grundlage für einen langen Abend – vor allem in Form eines Menüs.

➔ WURST CASE SZENARIO

Belgisches Viertel | www.wurst-case-szenario-koeln.de | Di–Do 12–21, Fr, Sa 12–22, So 13–21 Uhr | Brüsseler Str. 66 | Tel. 0221 94 99 41 41

CURRYWURST IM STEHEN

Gut, Currywurst gibt es nun wirklich überall. Aber nicht so. Hier ist die Wurst immer frisch, die Sauce klasse gewürzt und das Brötchen ein guter Sattmacher. Der wahre Clou aber ist das kleine Podest, auf dem die Kunden im Stehen essen. Ein perfekter Aussichtspunkt zum Leute beobachten.

➔ CURRY B

City | Mo–Sa 11–20 Uhr | Breite Str. 169 (auf dem Willy-Millowitsch-Platz) | Tel. 01511 7 34 31 61

LOKALE LOKALE

So isst Köln

DAS BRAUHAUS DER ZUKUNFT

Freigeschlagene Wände, geschmackvolle Kacheln und eine moderne Interpretation der traditionellen Küche: Mit dieser Kombination hat es das Brauhaus zur wohl populärsten Neueröffnung des Jahres gebracht. Neben Gaffel-Kölsch fließen INSIDER TIPP hausgemachtes Südstadt-Pils und Kellerbier aus dem Zapfhahn. Serviert wird es von auffallend freundlichem Personal. Die Schanklizenz gilt nur bis 22 Uhr. In den neuen Räumen nebenan aber geht die Party nun bis 24 Uhr weiter.

➔ JOHANN SCHÄFER

Südstadt | www.johann-schaefer.de | Mo–Fr ab 12, Sa, So ab 10 Uhr | Elsassstr. 6 | Tel. 0221 16 86 09 75

DRUCKBETANKUNG IM VEEDEL

Von kölnischer Lebensart bekommt man in dem urigen Haus Unkelbach mehr als genug. Schließlich war es Eigentümer Alexander Manek, der die folgenschwere Idee hatte, mit »Jeck im Sunnesching« eine sommerliche Alternative zum Karneval ins Leben zu rufen. Viel angenehmer ist das Veedelsbrauhaus allerdings im Alltag, vor allem im Biergarten, wo die Köbesse das Kölsch anders als bei der Konkurrenz in den standesgemäßen 0,2-Literstangen servieren. Lecker: Roastbeef, Speckpfannkuchen oder Leberkäse.

➔ HAUS UNKELBACH

Sülz | www.hausunkelbach.de | Mo–Fr 17–24, Sa 12–24, So, Fei 12–22 Uhr | Luxemburger Str. 260 | Tel. 0221 41 41 84

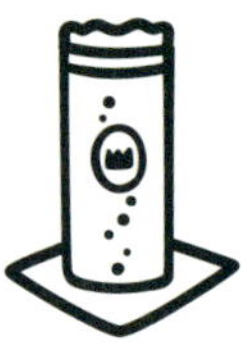

ZUM KLAAF MET DEM KÖBES

Sie haben nie vom Kapellchen, vom Schalander und vom Malerwinkel gehört? Dann ab in dieses Brauhaus, wo die kölnische Seele besonders einfühlsam gestreichelt wird. Dazu gehört ein ›Klaaf‹ (»Schwätzchen«) mit dem Köbes, aber noch viel mehr ein prall gefüllter Kranz mit hauseigenem Kölsch. Himmel un Äd schmecken besonders gut im Malerwinkel, einer Art Ahnengalerie prominenter Kölner.

➔ PETERS BRAUHAUS

Altstadt | www.peters-brauhaus.de | So–Do 11–0, Fr, Sa bis 0.30 Uhr | Mühlengasse 1 | Tel. 0221 2 57 39 50

Grundkurs

Himmel un' Äd, Klaaf, Köbes – häh? Wenn Sie noch kein Kölsch können, lernen Sie es in Peters Brauhaus

WIE ANNO DAZUMAL

Während sich die Touristen in der Altstadt um die Plätze streiten, kann man in Nippes Brauhaustradition für Einheimische erleben. Was nicht heißt, dass hier die Zeit stehen geblieben ist. Im Gegenteil: Die Speisekarte fällt üppig und durchaus gewitzt aus: »Kölsche Kaviar met Öllig« (Blutwurst mit Zwiebeln, Röggelchen und Butter) oder »Brauhauswoosch« – Krakauer vom Grill mit Bratkartoffeln und Krautsalat passen zum Früh Kölsch wie die Schürze zum Köbes.

➔ EM GOLDE KAPPES

Nippes | www.emgoldekappes.de | Mo–Sa 11–24 Uhr | Neusser Str. 295 | Tel. 0221 92 29 26 40

EDLE TRADITIONEN

Deftige Küche und zünftige Gespräche – diese Doppelrolle übernimmt das altehrwürdige Haus Schwan für Lindenthal. Dabei ist die Küche durchaus ambitioniert: Klassiker wie das Zürcher Geschnetzelte zeugen von Liebe zum Detail, und die knusprigen Reibekuchen kommen im Viererpack mit Rübenkraut. Im Frühling gibt es Spargel und Riesling.

➔ HAUS SCHWAN

€€€ | Lindenthal | www.haus-schwan.de | tgl. 11.30–1 Uhr | Dürener Str. 235 | Tel. 0221 40 33 68

Früh übt sich
wer Em Golde Kappes einen Kranz Kölsch trinken will

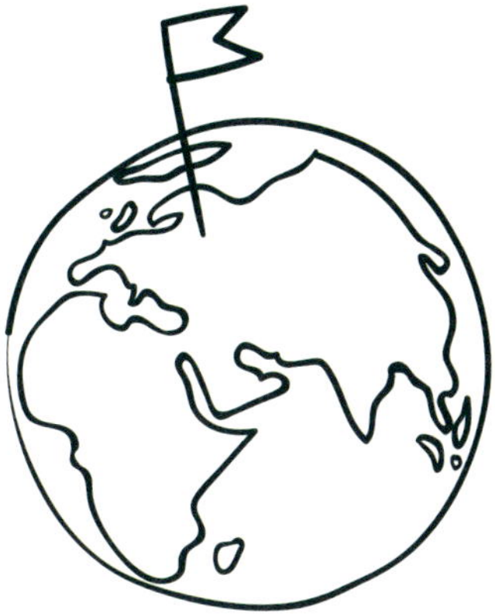

UNAUFGEREGT UND URIG

Malzbier? Das war vielleicht einmal ein großes Ding. Heute allerdings wird in der Traditionsgaststätte mit dem sperrigen Namen Kölsch ausgeschenkt – und zwar aus dem Hause Päffgen. Genau wie gegenüber im Haus Töller, das die lange leblos vor sich hin vegetierende Gaststätte übernommen hat und dessen Köbesse die Speisen aus dem Haupthaus über die Straße in die unaufgeregt urigen Räume tragen. Kölns vielleicht schönste Schankstätte!

➔ MALZBIERBRAUEREI GERHARD FISCHENICH

Südstadt | Do–Sa ab 17 Uhr | Weyerstr. 71 | Tel. 0221 2 58 93 16

MITTEN IM MILLJÖ

Sie möchten das kölsche Milljö kennenlernen? Dann gehen Sie ins Früh im Veedel. Bis 1979 agierte hier eine Schnapsbrennerei, die Rentner zur Linderung ihrer Schmerzen aufsuchten. Der Spitzname »Invalidendom« hält sich bis heute. Auch gilt, dass Unbekannte binnen kurzer Zeit dazugehören, wenn sie denn am Tresen einen mittrinken. Für die Geschichten, die dort erzählt werden, lohnt es sich allemal. Selbst wenn es nur so alte Kamellen sind, dass Heinrich Böll hier sein erstes Bier getrunken hat.

➔ FRÜH IM VEEDEL

Südstadt | www.fruehemveedel.de | Di–Do 16–24 Uhr, Fr, Sa 11–1 Uhr | Chlodwigplatz 28 | Tel. 0221 31 44 70

TRADITION IST KEIN SCHIMPFWORT

Viel tut sich nicht in der Welt der Brauhäuser. In diesem unbeweglichen Umfeld aber weiß manche Traditionsadresse mit Qualität zu punkten. Im Pütz fließt das Mühlen-Kölsch in Strömen, weil der Köbes sein Fass dem Lokal abkauft und den Inhalt schnell unter die Leute bringen möchte. Solide Küche und bodenständige Preise sind weitere Argumente für den Besuch der weit verzweigten Räumlichkeiten.

➔ BRAUHAUS PÜTZ

Belgisches Viertel | facebook: Brauhaus Pütz Köln | Mo–Do 12–0, Fr, Sa 12–1, So 16.30–23.30 Uhr | Engelbertstr. 67 | Tel. 0221 21 11 66

WO DIE POSTKUTSCHER PICHELTEN

Eine historische Gaststätte außerhalb der Stadt? Ja, früher war das so, denn das Gebäude des Gaffel im Marienbild diente seit 1722 erst als Postkutschenhaltestelle und später als Dorfschule. Heute ist hier eine moderne Gastwirtschaft zu Hause, die sich allerdings zumeist an Traditionellem orientiert. Auf den Teller kommt klassische Brauhauskost vom Halven Hahn bis hin zur Rinderroulade. Im Sommer lockt der große Biergarten – **INSIDER TIPP** ein perfekter Ort zum Vorglühen beim Stadionbesuch.

➔ GAFFEL IM MARIENBILD

Braunsfeld | www.marienbild.de | tgl. ab 12 Uhr, Küche bis 22, So bis 21 Uhr | Aachener Str. 561 | Tel. 0221 50 05 51 60

ECHT EXOTISCH

Sieht komisch aus, schmeckt aber super

HIPPES KOREA

Sind Bowls und Pho schon wieder von gestern? Könnte sein, denn plötzlich wollen alle nur noch koreanisch essen. Mit schuld daran ist dieses recht unauffällige Lokal hinter dem Bahnhof, in dem erstaunlich aromatische Kost auf den Tisch kommt. Unbedingt probieren: INSIDER TIPP Das Tteokbokki, eine scharfe Suppe mit Fischkuchen, Reiskuchen, Gemüse, Sud, scharfer Sauce und eingelegten Kohlsorten.

GOGI MATCHA

City | www.gogi-matcha.com | Mo–Sa 12–15 und 18–0, Fr, Sa 18–2 Uhr | Johannisstr. 47 | Tel. 0221 72024255

ROHER FISCH AUF PERUANISCH

Auf eine Raw Bar wartet Köln bislang vergeblich. Gut also, dass weit im Norden der Stadt diese Cevicheria eröffnet hat. Das peruanische Nationalgericht Ceviche besteht aus rohem Fisch, der in Zitronensaft, Koriander und Chili eingelegt ist – das neue große Ding in den Metropolen der Welt. Probieren Sie die INSIDER TIPP *trilogía de ceviches* in den drei Geschmacksrichtungen Avocado, Tigermilch (eine Marinade) und Natur. Dazu wird hier der Cocktail Pisco Sour getrunken.

CAUSAS

Ehrenfeld | www.causas-koeln.de | Mi–So 17–24 Uhr | Venloer Str. 531 | Tel. 0221 44902886

SPITZENKÜCHE AUS DEM MORGENLAND

Mit dem Duft von Kardamom, Nelken, Safran, Zimt und Muskatnuss macht das Al Salam die Kölner schon seit Jahren neugierig auf Kulinarisches aus dem Morgenland. Die Gerichte wie der »palästinensische Reisschmortopf mit Auberginen« sind nicht nur lecker, sondern auch sehenswert. Wem nicht nach Essen ist, der entspannt in einer der gemütlichen Sitznischen der Orient Lounge bei Tee und Wasserpfeife oder genießt an der Bar einen der hervorragenden Cocktails, zu arabisch inspiriertem DJ-Sound.

AL SALAM

Kwartier Latäng | www.al-salam.de | Di–So 17–24, Fr, Sa bis 1 Uhr, Küche bis 22.30 Uhr | Hohenstaufenring 22 | Tel. 0221 216713

ESSBARE TELLER AUS ERITREA

Lehmhüttenhausmannskost. So beschreiben die Eigentümer das kulinarische Erbe, das sie in Köln pflegen. Konkret handelt es sich dabei um traditionelle Gerichte aus Äthiopien und Eritrea – und die könnten schon bald ein neuer kulinarischer Hype werden. Am besten bestellen Sie die Platte für zwei Personen, die neben Fleisch, Gemüse, Saucen und Gewürzen auch das weiche Fladenbrot umfasst, das als Teller und Speise zugleich dient.

➔ INJERA

Kwartier Latäng | www.injera-restaurant.de | Mo–Do 18–24, Fr, Sa 18–1, So 15–24 Uhr | Lindenstr. 86 | Tel. 0221 9984942

SCHWÄBISCHES GLÜCK

Exotisches muss nicht aus Ecuador oder Eritrea kommen. Nein, auch unsere Landsleute im Südwesten haben das drauf. Probieren Sie doch mal in der Brühe »geschmelzte Maultaschen«, Maultaschen-Quiche (!) oder mit Ei überbackene Maultaschen. Dazu gibt's natürlich ein Bier aus der staatlichen Brauerei im Schwarzwald – besser bekannt als Tannenzäpfle.

➔ DIE MAULTASCHE

Altstadt | Mo–Sa 11–21 Uhr | Am Alten Posthof 8 | www.die-maultasche.de | Tel. 0221 27096981

Oh, là, là

Ein Laden, der Kamasutra heißt, darf sich eine solche Wandbemalung erlauben

INSPIRIEREND

Das Eigenschaftswor
sammenhang mit ind
sporadisch. Ist klar, d
Ausnahme parat hat.
verzichtet beim Interie
lore und setzt stattdes
Touch. Die Küche bedi... aus allen Ecken des Subkontinents, ohne dabei mit ayurvedischen Gerichten einen Gesundheitshype aus den Augen zu verlieren.

➔ MASALA EMPIRE

Ehrenfeld | masala-empire.com | tgl. 9–23.30 Uhr | Neptunplatz 6a | Tel. 0221 45304305

ENDLICH ENTENZUNGEN?

Die chinesische Küche wirkt in Deutschland häufig banal. Ausgerechnet direkt neben dem Dom ist das anders. Zu den Spezialitäten des Hauses gehören Entenzungen mit Austernpilzen oder Schweineblut mit Garnelen und Tintenfisch. Das ist vielleicht nicht jedermanns Sache, aber auf jeden Fall ungewöhnlich. Doch keine Angst: Auch Schweinefleisch süßsauer steht auf der Karte. Unter dem Strich bleibt eine erstaunlich unverfälschte Erfahrung. Alle drei Etagen sind häufig von Asiaten besetzt.

➔ GREAT WALL

Altstadt | www.greatwallcologne.de | Mo–Fr 11.30–15, 17.30–23, Sa, So 11.30–23 Uhr | Komödienstr. 37 | Tel. 0221 2774712

TOLLES AUS DEM TONOFEN

Mild oder scharf? Bei dieser Frage haben Sie die Wahl. Liebevoll zubereitet aber werden die Gerichte unabhängig von Ihrer Antwort. Probieren Sie das *tandoori rantan* oder andere Delikatessen aus dem Tonofen. Die Portionen sind mehr als stattlich und werden auch von den indischen Gästen wegen ihrer Authentizität gelobt. Mittags ist das INSIDER TIPP 2-Gang-Menü für unter zehn Euro zu haben.

➔ KAMASUTRA

City | www.kamasutra-koeln.de | Mo–Sa 12–15, 18–23, So 12–23 Uhr | Weyerstr. 114 | Tel. 0221 34892828

FAVORIT DER FOOD-BLOGGER

Während des Kolonialzeitalters sind Welten aufeinander getroffen. Eine Folgeerscheinung wurde auf den Namen »Banh Mi« getauft: Baguette französischen Ursprungs mit vietnamesisch zubereiteten Füllungen. Nicht weniger gut ist das Nationalgericht Pho, das hier mit Kalbszunge gereicht wird. Toller Kaffee, Kuchen und gut ausgesuchte Weine komplettieren das Angebot des wegen der makellos schön angerichteten Gerichte vor allem bei Food-Bloggern beliebten Lokals.

➔ CAFÉ 1980

City | www.cafe-1980.de | Mo–Fr 12–22, So 12–19 Uhr | Bobstr. 28 | Tel. 0221 60606860

...eltreise in Köln

KLEIN-MUMBAY HINTERM NEUMARKT

Ein Fachgeschäft für Sari-Stoffe (Kohinoor-Mode), ein simpler Imbiss mit südindischen Currys (Lakshmi) und ein Supermarkt wie aus einem Bollywood-Film (Asien-Basar). Auch das ist in Köln keine fremde Welt: Südlich des Neumarkts liegt Kölns indisches Viertel. Lassen Sie sich mal ins Hinterzimmer führen, wo eine Kosmetikerin INSIDER TIPP mit einem Faden die Augenbrauen zupft.

KOHINOOR-MODE, LAKSHMI, ASIEN-BASAR

City | Kohinoor-Mode | Mo–Sa 11–19 Uhr | Fleischmengergasse 29 | Tel. 0221 8 01 48 98 | Lakshmi | tgl. 11–21 Uhr | Thieboldsgasse 101 | Tel. 0221 3 50 08 02 | Asien-Basar | Mo–Sa 10–19 Uhr | Fleischmengergasse 31 | Tel. 0221 2 40 25 93

DER ETWAS ANDERE KLÜNGEL

Vom argentinischen Baseballprofi bis zum Xylophonspieler aus Zimbabwe leben Menschen mit allen erdenklichen Hintergründen in Köln. Der Verein Kulturklüngel hat sich zum Ziel gesetzt, die Kölner mit dieser Vielfalt vertraut zum machen. Mehrmals im Monat finden Touren zu Themen wie »Das persische Köln« statt, die von Experten begleitet und kommentiert werden.

KULTURKLÜNGEL

Kwartier Latäng | www.kulturkluengel.de | Meister-Gerhard-Str. 6 | Tel. 0221 16 84 36 62

DIE SCHÄRFSTE RASUR DER STADT

Zum Barbier gehen? Machen das nicht nur Hipster mit überlangen Vollbärten? Nein! In der Weidengasse wird eine Rasur zu einem Erlebnis. Hier sind vor allem türkische Friseursalons, die ihr Fach meisterhaft beherrschen. Der leichte Nervenkitzel, den das scharfe Messer hervorruft, wird mit unvergleichlich weicher Haut belohnt.

HAARSTUDIO ANKARA

Eigelstein | Mo–Sa 9–20 Uhr | Weidengasse 57 | Tel. 0221 1 30 75 77

Wenn das kleine Fernweh kommt

ZÄHLEN AUF JAPANISCH

Sie möchten auf Japanisch zählen, sich selbst vorstellen oder im Zweifelsfall das richtige Verkehrsmittel auswählen können? Dann nehmen Sie im Kulturinstitut an einem Einführungskurs Japanisch teil: Das Haus bietet samstagvormittags für 5 Euro pro Einheit Übungseinheiten zu zehn verschiedenen Themen an. Ein lehrreiches Vergnügen.

➔ JAPANISCHES KULTURINSTITUT
Kwartier Latäng | www.jki.de | Universitätsstr. 98 | Tel. 0221 9 40 55 80

BELLA ITALIA IN DER SÜDSTADT

Während großer Fußballturniere ist die Kreuzung von Zugweg und Elsassstraße unter den vielen italienischen Fahnen kaum zu erkennen. Auch im Alltag ist Italien hier präsent. Tollen Espresso gibt's in der Bar Formula Uno, schräg gegenüber im La Locanda Hausmannskost aus Sardinien, und in der Bonner Straße lockt der italienische Bäcker Da Guiseppe.

➔ FORMULA UNO, LA LOCANDA, DA GUISEPPE
Südstadt | Formula Uno | Mo–Fr 6–23, Sa ab 7, So ab 8 Uhr | Tel. 0221 32 13 34 | La Locanda | www.ristorantelalocanda.de | Di–So 18–23 Uhr | Zugweg 3 | Tel. 0221 3 10 93 70 | Da Guiseppe | Mo–Sa 7–19 Uhr | Bonner Str. 47 | Tel. 0221 99 20 63 80

MEHR ALS NUR ESSEN!

SCHAU-PLÄTZE

Sitzen, essen, Leute gucken

GETEILTE FREUDE IST DOPPELTE FREUDE

Die klassische Speisefolge verliert in der gehobenen Gastronomie immer mehr an Bedeutung. Das Teilen vieler raffinierter Gerichte gewinnt dagegen hinzu. Das hat der erfahrene Küchenchef Hendrik Olfen erkannt und an einem schwierigen Ort in der Pfeilstraße so gekonnt umgesetzt, dass Kölns Schickeria ein neues Lieblingsrestaurant hat – mit einer exzellenten Auswahl an Weinen.

➔ **HENNE WEINBAR**

City | www.henne-weinbar.de | Mo–Do 12–15 u. 18–24, Fr 12–15 u. 18–1, Sa 12–1 Uhr | Pfeilstr. 31–35 | Tel. 0221 34 66 26 47

PRÄCHTIGE PARADE

Kennen Sie diese Orte, an denen man sich immerzu beobachtet fühlt? Das Café am Rand des Rudolfplatzes ist so einer. Wenn Sie mal selber Platz nehmen, merken Sie warum: In der Mittelstraße gehen die Damen und Herren nicht einkaufen, nein, sie flanieren und paradieren. Ein Schauspiel! Um dieses perfekt genießen zu können, sollten Sie einen Aperol Spritz auf dem Tisch stehen haben – vielleicht mit einem Espresso.

➔ **CAFÉ RICO**

City | www.cafe-rico.de | tgl. 9–20 Uhr | Mittelstr. 31–33 | Tel. 0221 2 40 53 64

KÖLNISCHES GEFÜHL

Ein Aussichtsplatz wie aus dem Bilderbuch: Auf der einen Seite des Biergartens gehen Boulespieler ihrer Leidenschaft nach, auf der anderen toben Kinder über den Spielplatz. Im Hintergrund wachen einige der schönsten Gründerzeithäuser der Stadt. Unter den schattigen Platanen sitzen die Leute aus der Nachbarschaft, die den Biergarten als gemeinnützigen Verein auch betreiben. So geht kölsches Savoir-vivre!

➔ **BIERGARTEN RATHENAUPLATZ**

Kwartier Latäng | www.rathenauplatz.de | April–Okt. | tgl. 12–23 Uhr | Rathenauplatz

FUSION-FOOD MIT GLAMOUR

Es ist noch nicht so lange her, dass das Personal hier auch schon mal als Drag Queens auftrat? Auch wenn der ganz große Glamour-Faktor vorerst passé zu sein scheint, ist das Fischermanns immer noch ein INSIDER TIPP Hotspot für Promis. Die Küche ist verlässlich auf Fusion-Gerichte gepolt, nur der Wein ist ein bisschen teuer. Dafür aber kann sich das 3-Gang-Menü je nach Zusammenstellung als echtes Schnäppchen erweisen. Unbezahlbar schön sind die lauen Sommerabende auf der Terrasse.

➔ **FISCHERMANNS**

€€€ | Kwartier Latäng | www.fischermanns.info | tgl. 18–1 Uhr | Rathenauplatz 21 | Tel. 0221 8 01 77 90

PLATZ IN DER ERSTEN REIHE

Bloß nicht auf die Schildergasse oder in die Hohe Straße. Der Kommerz hat vielen Kölner ihre Fußgängerzonen vergällt. Eine Ausnahme ist dieses lichtdurchflutete Lokal mit Terrasse an der Schildergasse, am besten sichern Sie sich einen Platz in der ersten Reihe. Die Küche ist solide, und zu sehen gibt es immer etwas. Der Stolz des Hauses aber ist die Whisky- und Whiskey-Karte mit 26 Positionen. Das Café liegt neben der Kirche St. Anton, der es seinen Namen verdankt.

➔ STANTON

City | www.cafe-stanton.de | Mo–Fr 9.30–1, Sa 9–1, So 10–1 Uhr | Schildergasse 57 | Tel. 0221 2710710

COME TOGETHER

In Nippes kommen alle Gesellschaftsschichten und viele Kulturen zusammen. Weil der Schillplatz der Stolz des Viertels ist, scheint sich an lauen Abenden zwischen den prächtigen Gründerzeithäusern der ganze Stadtteil hier zu treffen, um süffiges Früh Kölsch oder ein Gläschen Gewürztraminer zu trinken. Ein Schauspiel, das durch die perfekt organisierte Außengastronomie der beiden angrenzenden Lokale erst möglich wird.

➔ MORIO UND GERNOT'S

Nippes | www.morio-nippes.de | tgl. 12–1 Uhr | Schillstr. 12 | Tel. 0221 769737 | www.gernots.com | Mo–Fr ab 12, Sa, So ab 10 Uhr, Küche bis 23 Uhr | Mauenheimer Str. 32 | Tel. 0221 766305

Frischekur

Morio oder Gernot's? Och, beides gut – Hauptsache Schillplatz!

TOP-SERVICE

Die haben ihr Trinkgeld echt verdient!

IM COCKTAIL-HIMMEL

Vor gehobenen Cocktail-Bars können sich die Kölner kaum retten. Einen neuen Akzent setzt der aus Sri Lanka stammende Indika Silva im ehemaligen Gwendolyne: Seine Kreationen greifen Einflüsse aus der ganzen Welt auf – inklusive stilvoller Präsentation und einer ausführlichen persönlichen Beratung. Im Sommer können Sie sich unter freiem Himmel auf Lounge-Möbeln fläzen.

➜ TODDY TAPPER

Agnesviertel | www.toddytapper.de | Mo–Do 19–1 , Fr, Sa 19–2 Uhr | Schillingstr. 27 | Tel. 0221 44707408

EINE PRISE ROCK'N'ROLL

Die Crew dieser Institution bewirtet ihre Gäste standardmäßig mit einer kleinen Auswahl kölscher Tapas. Das Restaurant mag mit einem Michelinstern dekoriert sein, ist deswegen aber kein bisschen etepetete: Das immer freundliche und gut informierte Personal trägt Tätowierungen zur Schau, und die Kompositionen von Küchenchef Dominic Jeske sind mit einer Prise Rock'n'Roll gewürzt. Wie wäre es mit »Carpaccio vom Eifelhirsch mit Kohl« und Kaffee?

➜ LA SOCIETÉ

€€€ | Kwartier Latäng | www.restaurant-lasociete.de | tgl. 18.30–22.30 Uhr | Kyffhäuserstr. 53 | Tel. 0221 232464

EIN LÄCHELN IM GESICHT

Wer mit viel Liebe ein kleines Lokal betreibt, freut sich über Gäste. Das merkt man in der sympathischen Stube in Neuehrenfeld besonders: Alles wird mit einem Lächeln serviert. Die Karte ist ein wenig unentschlossen, doch die Mais-Curry-Suppe und der Saibling mit Gurke trösten darüber hinweg. Für den Sommer können Sie sich schon mal notieren: INSIDER TIPP unbedingt kommen, wenn der Garten geöffnet ist.

➜ TRAUBENZEIT

Ehrenfeld | www.restaurant-traubenzeit.de | tgl. ab 18 Uhr | Hauffstr. 1 | Tel. 0221 2053446

GUT AUFGEHOBEN

Lardo, Gruyère und Vadouvan? Sie haben keine Ahnung, was das ist? Kein Problem. In diesem sympathischen Lokal erklärt das Personal gerne, was es damit auf sich hat und wo die leckeren Zutaten herkommen. So entsteht sofort eine wohlige Atmosphäre. Kleine Tellergerichte können einzeln bestellt oder zu einem kleinem Menü – wahlweise mit Weinbegleitung – kombiniert werden.

➔ SORGENFREI

€€€ | Belgisches Viertel | www.sorgenfrei-koeln.com | Mo–Sa 18–24 Uhr | Antwerpener Str. 15 a | Tel. 0221 3557327

SHOW-COOKING STATT SUSHI

Nur Sushi war gestern. Heute gehört zur japanischen Mahlzeit auch Fleisch und Gemüse vom Grill. Die Küche ist einsehbar. Die im Tapas-Format servierten Gerichte schmecken aufregend, vor allem das Avocado-Steak im heißen Pfännchen. Der große Andrang stellt das Team vor Herausforderungen, die mit Charme, Einsatz und einem kleinen Extra-Leckerchen gemeistert werden.

➔ DAIKAN

Belgisches Viertel | www.daikan.de | tgl. 11.30–24 Uhr | Maastrichter Str. 9 | Tel. 0221 30135906

HAUSGEMACHTE HERZLICHKEIT

Herzlich willkommen! Wir freuen uns sehr, dass Sie da sind! Wann wurden Sie als Gast das letzte Mal so feierlich begrüßt? In diesem sardischen Familienbetrieb ist das selbstverständlich, ebenso wie die Bestellung des handgeschnittenen Tatars vom Pferd auskunftsfreudig kommentiert wird. Wer nur die hausgemachte Pasta und ein Glas Rotwein bestellt, wird auch nett behandelt. Wie es sich gehört!

➔ ZIPPIRI

€€€ | Agnesviertel | www.zippiri.de | tgl. außer Di 18–22.30, So 12–14, 18–22 Uhr | Riehler Str. 73 | Tel. 0221 92299584

Nah am Gast

Im Daikan kennt man keine Berührungsängste in Sachen Service

BESTE AUS-SICHTEN

Essen über den Wolken

HÖHENFLUG IM HOTEL

Der unverbaubare Blick aus dem achten Stock auf den Dom und den Rest der Stadt ist die eine Attraktion, die unkomplizierte israelische Fusion-Küche die andere. So konnte das Neni von allen Neueröffnungen der jüngeren Vergangenheit die größte Furore machen. Der Erfolg allerdings hat auch seine Schattenseiten: Das bemühte Personal ist manchmal mit dem Andrang überfordert. Aber das kann sich ja noch ändern.

➔ **NENI**

City | **Mo–Fr 12–15 und tgl. 18–22 Uhr | www.nenikoeln.de (im 25 Hours Hotel The Circle) | Im Klapperhof 22–24 | Tel. 0221 16 25 35 61**

SO SCHÖN IST ES AM RHEIN!

Von der Hafenterrasse am alten Malakoffturm haben die Gäste beste Aussichten auf den Rhein, die historische Drehbrücke und das Schokoladenmuseum. Das Essen spielt da eine untergeordnete Rolle, klassische Biergartenkost halt. Aber das Kölsch kommt ebenso vom Fass wie das Allgäuer Büble Bier.

➔ **HAFENTERRASSE**

City | **ab April tägl. bei gutem Wetter 11–22, Sa, So bis 23 Uhr | Am Schokoladenmuseum 1a | Tel. 0221 93 18 88 17**

KÖLSCH IM SCHAFSPELZ

Es gibt sie: Gestalten, die auch bei Minustemperaturen auf der Terrasse sitzen, sich in die großzügig verteilten Felle kuscheln und bei einem, zwei oder drei Kölsch sehnsuchtsvoll auf den Strom blicken. Die Aussicht auf den Rhein übt eine so große Anziehungskraft aus, dass mancher Außengast bass erstaunt ist, wenn er auf Toilette geht: Wow, hier drinnen ist es ja urgemütlich! Das Essen ist gut, das Bierhaus eins der wenigen erhaltenen gotischen Gebäude Kölns.

➔ **DELFTER HAUS**

Altstadt | **www.bierhaus-am-rhein.de | tgl. ab 11 Uhr | Frankenwerft 27 | Tel. 0221 800 19 00**

Himmlisch
Mehr als 100 Meter über dem Mediapark – im Osman 30

DER DUFT DER WEITEN WELT

Wir hängen versonnen in den Sesseln und genießen den super Blick auf den Dom. Wollen gerade an unserem Cocktail nippen Ein neuer Twist im Barkeeping: INSIDER TIPP Bestimmte Cocktails vermengen sich mit passenden Düften zu einem ganzheitlich sinnlichen Erlebnis. Als wären wir im zwölften Stock nicht schon »high« genug.

➔ LAB12 IM PULLMANN HOTEL

City | www.pullmanhotels.com | Di–Sa 18–2 Uhr | Helenenstr. 14 | Tel. 0221 27 50

BLICK AUF DIE RHEINFRACHTER

Der Familie Liolidis bringt mit ihrem griechischen Restaurant Wärme in den ansonsten noch immer etwas unterkühlt wirkenden Rheinauhafen. Die griechischen Vorspeisen (Mezedes), ein leckerer Tropfen Dafnios von der gut sortierten Weinkarte und besonders der Blick von der Terrasse auf die vorbeituckernden Rheinschiffe – einfach zum Wohlfühlen.

➔ LIMANI

€€€ | Südstadt | www.limanicologne.de | tgl. 12–0.30 Uhr, Küche 12–23 Uhr | Agrippinawerft 6 | Tel. 0221 7 19 05 90

MEDITERRANE HÖHENFLÜGE

Von der 30. Etage des Kölnturms im Mediapark haben Sie beste Aussichten auf die Stadt. Die Küche des Panoramarestaurants ist mediterran inspiriert und serviert z. B. Lammcarré mit Auberginen-Miso, und Taboulé. Die Vorspeisen schiebt der Service zur Auswahl auf einem Wagen durchs Restaurant – Sie sollen ja schließlich den weiten Blick genießen und nicht zu lange in die Karte starren.

➔ OSMAN 30

€€€ | City | www.osman-cologne.de | Mo–Do 18.30–24, Fr, Sa 18.30–1, So 11–14 (Brunch), 18.30–23.30 Uhr | Im Mediapark 8 | Tel. 0221 50 05 20 80

Bitte wenden!

So kann man Köln auch sehen!

KÖLNS DUNKLE SEITEN

Ein Parkhaus, das von einer römischen Mauer begrenzt wird. Ein mehr als 1000 Jahre alter Brunnen, der immer noch intakt ist. Und ein römischer Statthalterpalast, das Praetorium. Auf diese und weitere Überraschungen stoßen Sie, wenn Sie sich darauf einlassen, Ihre Stadt von unten zu entdecken. Begleitet wird der Perspektivwechsel von fachkundigen Guides.

➔ KÖLN VON UNTEN
Altstadt | www.colonia-prima.de | Sa, So 13.30 Uhr | 15 Euro | Treffpunkt: Kreuzblume vor dem Dom | Tel. 0221 3 10 33 85

AUF DEM DACH DER STADT

Sie kennen den Dom aus allen erdenklichen Perspektiven, nur auf dem Dach sind Sie noch nicht gewesen? Das lässt sich ändern: Über steile Treppen und durch verwinkelte Gänge geht's bei dieser Führung zu Aussichtspunkten, die einen völlig neuen Blick auf den Dom und auf Köln gestatten. Highlight: die Begehung des Hängegerüsts am Nordturm.

➔ FÜHRUNG ÜBER DAS DACH DES DOMS
Altstadt | www.domfuehrungen-koeln.de | Mo, Mi, Fr 17.15 Uhr, Sa 11.15 und 15.15 Uhr (rechtzeitig reservieren) | 15 Euro

THIS SIDE UP!

NA, DANN MAL RUNTER IN DIE RÖHRE!

Einen Rheintunnel? Gibt es nicht! Doch! Der Energieversorger Rhein Energie hat unter dem Fluss einen gut 500 Meter langen Versorgungstunnel angelegt. Kunden können sich im Internet für eine kostenlose Führung anmelden. Aufgepasst: Unterwegs sind 100 Stufen zu bewältigen – und Platzangst sollten Sie auch nicht haben.

➔ FERNWÄRMETUNNEL
City–Deutz | www.rheinenergie.com | Tel. 0221 1 78 46 60 (Ansprechpartner Frank Straube)

RUNDFAHRT DURCH DIE HÄFEN

Wie viele Häfen besitzt Köln eigentlich? Gut, den Rheinauhafen kennt jeder. Auch der Deutzer Hafen ist kaum übersehbar. Aber waren Sie schon mal im Mülheimer Hafen? Oder gar in Godorf, wo immer noch Container verschifft werden? Wenn nicht, bietet, Ihnen diese Schiffstour völlig neue Perspektiven auf Ihre Stadt.

➔ WEISSE FLOTTE
Altstadt | www.koelntourist.net | März–Nov. verschiedene Abfahrtszeiten | ab 20,50 Euro | Tel. 0221 12 16 00

PADDELN MIT PANORAMA

Mit dem Schlauchboot zwischen Ausflugskähnen und Containerschiffen? Wenn Sie sich das bisher nicht getraut haben, können Sie sich nun an Bord eines größeren Rafting-Boots mit qualifizierten Kapitänen begeben, um den Rhein und seine Ufer aus einer völlig neuen Perspektive zu erleben. Die Tour dauert etwa 2,5 Stunden und beginnt am Sandstrand von Rodenkirchen.

➔ RHEIN RAFTING KÖLN
Rodenkirchen | wupperkanu.de | März–Okt. | ab 25 Euro | Start: Uferstraße, Ecke Grüngürtelstraße | Tel. 02175 16 76 92

SONNEN-PLÄTZE

Essen und schön draußen sitzen

PERFEKTES PICKNICK

Sie möchten Sonne tanken, picknicken und sich dabei nicht die Füße schmutzig machen? Diesen Wunsch kann Ihnen das Gartenlokal in der Flora erfüllen. Sie bestellen am Tresen und bekommen alles in eine Picknicktasche gepackt. Die meisten Speisen kommen frisch zubereitet im Glas. Das ist praktisch, nicht übermäßig teuer – und bei gutem Wetter ein Garant für ein Sonnenbad, denn die Terrasse hat Südwestlage.

➔ DANK AUGUSTA

Riehl | www.dankaugusta.de | März–Okt. bei schönem Wetter tgl. 11.30 Uhr bis Sonnenuntergang | Am Botanischen Garten 1a | Tel. 0221 2848484

STREETFOOD MIT DOMBLICK

Der schöne, aber recht angestaubte Biergarten des Hyatt ist Geschichte. Dafür locken nun zwei schicke Glaspavillons. Das südliche Bauwerk bedient die Laufkundschaft mit Burgern und Currywurst, aber auch mit vegetarischem Streetfood. Die Speisen können Sie im Lokal, auf der Terrasse oder aber to go auf dem nahen Rheinboulevard vertilgen – falls Ihnen der Domblick nicht den Atem raubt.

➔ STICKY FINGERS

Deutz | www.stickyfingers-restaurant.de | Mo–Do 10–18 , Fr–Sa 10–19 Uhr (bei schlechtem Wetter kürzer) | Kennedy-Ufer 2a | Tel. 0221 8281186

PASTA MIT PREMIUMBLICK

Hausgemachte Teigwaren und eine vorzügliche Aussicht auf Altstadt und Hohenzollernbrücke. Das klingt nicht nur gut, sondern ist auch in der Praxis eine erfreulich angenehme Erfahrung. Die Nudelgerichte sind ebenso überzeugend wie die Weinauswahl, auch die Vorspeisenplatte kann sich sehen lassen. Zudem ist das Personal auf Trab und die Preise sind fair. So darf es weitergehen!

➔ GRISSINI RESTAURANT

Deutz | www.grissini-restaurant.de | tgl. 11.30–23 Uhr | Kennedy-Ufer 2a | Tel. 0221 82811868

Husch, husch, ins Gläschen

Modernes Picknick: Dank Augusta mitten im Grünen

Noch eins!
Wer braucht im Schwimmbad Wasser, wenn es Kölsch gibt?

FÜSSE IM SAND

Sie suchen einen Strandkorb, möchten Ihre Füße im Sand baumeln lassen und die Pänz am liebsten auch beschäftigen? Warum radeln Sie dann nicht mal ein Stückchen weiter den Rhein hinauf zu einem charmanten Beach-Club? Er wirkt zwar in jeder Hinsicht ein wenig improvisiert, doch die Drinks sind kühl und die Sonne scheint genauso intensiv wie im High-End-Club. Schön, dass sich noch nicht jeder hübsche Flecken in den Händen gewinnoptimierender Investoren befindet.

➔ POLLER STRANDBAR

Poll | www.poller-strandbar.de | Mai–Okt. tgl. 12–24 Uhr (nur bei gutem Wetter) | Alfred-Schütte-Allee 34 | Tel. 0157 85 59 88 57

BEIM BIERCHEN IM SCHWIMMBAD

Ein Bierchen im Schwimmbad? Die stillgelegte Badeanstalt im Schatten des AXA-Turms führt ein zweites Leben als einer der schönsten und zugleich sonnigsten Biergärten der Stadt. Mit Kinderspielplatz, Großleinwänden für Fußballereignisse und mehr als 20 Biersorten. Nicht einmal das Essen beschränkt sich auf schwimmbadübliche Kost: Auf der Karte steht auch Ananas-Kokos-Curry.

➔ SCHWIMMBAD

Riehl | www.koeln-biergarten.de | Ende März–Anfang Okt. Mo ab 15, Di–Sa ab 12, So, Fei ab 11 Uhr (nur bei gutem Wetter) | An der Schanz 2 a | Tel. 0221 7 60 28 43

KAHNFAHREN AM WEIHER

Ein halber Liter Kölsch und eine Bockwurst mit Kartoffelsalat für 5,50 Euro. Was nach einer Ruhrgebietskaschemme aus den 70er-Jahren klingt, befindet sich in Wahrheit bis heute an einem der schönsten Gewässer Kölns: dem Kallscheurer Weiher. Der kleine Biergarten am Ufer wird von einem gemeinnützigen Verein mitbetrieben, der sich um den See kümmert. Für 9 Euro pro Stunde gibt es Leihkähne. Sonnenmilch nicht vergessen!

➔ BIERGARTEN KALSCHEURER WEIHER

Zollstock | www.kalscheurer-weiher.de | bei gutem Wetter Kiosk Mo–Fr 14–20, Sa 13–20, So 11–20 Uhr | Äußerer Grüngürtel | Tel. 0157 70 25 96 80

WINTER-HÖHLEN

Essen, wo andere den Kachelofen anheizen

TREFFPUNKT FÜR TRENDSETTER UND TRADITIONALISTEN

Halb Ehrenfeld kommt zum Schwätzchen an die Theke. Die anderen essen hier zu Abend. Mit Freunden oder auch mit der Familie. Vor allem im Winter, wenn es hier besonders heimelig ist. Die in die Tische eingelassenen Delfter Kacheln gefallen Trendsettern und Traditionalisten. Bestellen Sie den Ehrenfelder Senfrostbraten mit einer knusprigen Kruste aus Senf und Zwiebeln. Auch auf die Weine ist Verlass – schließlich ist das Weinhaus von Bruder Heinz-Reiner Scholzen direkt nebenan.

➔ HAUS SCHOLZEN

Ehrenfeld | www.haus-scholzen.de | Mi–So 11.30–15, 17–24 Uhr | Venloer Str. 236 | Tel. 0221 51 59 19

AUF GEHEIMER MISSION

Mehr als ein paar verhuschte Worte sind selten zu hören am Eingang eines Speakeasys. Das ist auch in dieser neuen Bar nicht anders, die sich an die Gepflogenheiten der amerikanischen Prohibition anlehnt: Wer klingelt und erfolgreich um Einlass bittet, kommt zunächst in den Genuss einer persönlichen Begrüßung, ehe er in den Sog des aufwendig gestalteten Interieurs gerät und schließlich mit fachmännisch zusammengestellten Drinks verarztet wird. Wer einmal drinnen ist, verlässt seinen Platz nur ungern – vor allem, wenn es draußen kalt, dunkel und nass ist.

➔ THE GRID

City | www.thegridbar.de | Di–So ab 19 Uhr | Friesenstr. 62 | Tel. 0221 84 64 14 32

HIGH TEA AM KAMIN

Okay, der Kamin wird nicht mit Holz gespeist, sondern mit Gas. Sonst aber passt alles zusammen in dieser Wohlfühlhöhle: Die leicht psychedelische Einrichtung verleitet zu Träumereien. Ein Whiskey oder ein Likörchen schmecken je nach Uhrzeit auch. Echte Fans kommen im Winter zum INSIDER TIPP High Tea englischen Stils – mit Tee, Sandwiches, Toast und Scones.

➔ KAMINLOUNGE SAVOY

Eigenstein | www.savoy.de | ab 16 Uhr | Turiner Str. 9 | Tel. 0221 1 62 30

FEUER UND FLAMME FÜR HAUSGEMACHTE PASTA

Ein flackernder Kamin vermittelt dieselbe Botschaft wie der Blick aufs Meer. Egal, wie der Tag auch gewesen sein mag: Die Welt scheint in Ordnung. Ein Gefühl, das sich verstärkt, sobald ein wuchtiger Rotwein auf dem Tisch steht und der Gang zur Antipasti-Theke erfolgreich war. Danach ist es Zeit für selbst gemachte Pasta. Und vielleicht ist auch noch Platz für ein Dessert?

➔ PANE E VINO

Südstadt | www.ristorante-paneevino.de | tgl. 11–15, 18–23 Uhr | Eifelstr. 18 | Tel. 0221 9 31 13 11

KACHELN AUS DELFT UND ELEGANTES GEWÖLBE

Kölns schönstes Bürgerhaus. So urteilen die Besitzer selbstbewusst über ihre Altstadt-Immobilie. Unabhängig vom Wahrheitsgehalt zählt das Haus auf jeden Fall zu den gemütlichsten der Stadt: dunkles Holz, Kacheln aus Delfter Blau und ein Kamin tragen wesentlich dazu bei. Sehr lecker: die Pfälzer Bratwürste mit einen Spätburgunder von der Ahr. Im Keller sind übrigens noch Reste der römischen Stadtmauer zu sehen.

➔ WEINHAUS BRUNGS

Altstadt | www.weinhaus-brungs.de | tgl. 12–24 Uhr | Marsplatz 3–5 | Tel. 0221 2 58 16 66

EINE BAR WIE IM FILM

Sie stehen auf alte Filme? Nun, dann versuchen Sie mal hier Ihr Glück. Wie in einem Speakeasy müssen Sie sich an der Türe bemerkbar machen, ehe Sie mit verstohlenem Blick hineingebeten werden. Die klassische Einrichtung im Stil der 1920er mit Chaiselongues und Sofas möchte niemand so schnell wieder verlassen. Urgemütlich, vor allem wenn es draußen bläst und pfeift. Die Cocktails hingegen sind immer exquisit.

➔ SEIBERTS

€€€ | City | seiberts-bar.com | Di–So 17–2 Uhr | Friesenwall 33 | Tel. 0221 30 19 50 13

IRGENDWIE SCHRÄG

Wer hat sich sowas bloß ausgedacht?

VON DER STRASSE, FÜR DIE STRASSE

Eine Galerie für Street Art mit einem Street-Food-Restaurant. Diese Kombination ist ziemlich einmalig und bietet gleich zwei Gründe, mal wieder nach der Arbeit vorbeizuschauen. Zwischen den Kunstwerken stehen bequeme Sessel an kleinen Tischen. Und die Karte ist bunt gemischt. Cross Culture eben! Neben indischen Currys können Sie auch japanische Gerichte und langsam geräuchertes Rindfleisch probieren.

➔ KUNSTBRUDER

City | www.kunstbruder-restaurant.de | Fr, Sa 12–23, So 16–22 Uhr | Händelstr. 51 | Tel. 0221 22 20 01 46

Arty Food

Abendessen und Kunstkauf in einem. Geht – beim Kunstbruder

Wein-import

aus der Pfalz: die IMI Winery in Ehrenfeld

DIE PFALZ LÄSST GRÜSSEN

Jonathan Hollerith, Amerikaner mit Pfälzer Mundart, hat seinen sicheren Hafen als *winemaker* in den USA aufgegeben, um das Pfälzer Weingut seines verstorbenen Vaters zu übernehmen. Was dort produziert wird, können Wein-Freaks und Lokalpatrioten in Ehrenfeld verkosten. Hier hat er zusammen mit seiner Frau und einem Pfälzer einen Flagship-Store eröffnet. An ausgesuchten Tagen INSIDER TIPP gibt der Winzer auch Weinproben für bis zu 14 Personen.

➔ IMI WINERY

Ehrenfeld | www.imi-winery.de | Di–Fr 14–19, Sa 11–18 Uhr | Körnerstr. 20 | Tel. 0176 56 58 45 54

BÜHNE FÜR STREET FOOD

Es ist und bleibt merkwürdig: Weil sich in Deutschland Street-Food-Trucks nicht an jede x-beliebige Straßenecke stellen dürfen, gastiert in einer ehemaligen Kölner Metzgerei alle 14 Tage ein anderer Protagonist der rasant wachsenden Street-Food-Szene. Auf den Teller kommen dann beispielsweise glutenfreie Arepas mit Pulled Pork oder »Softshellcrab-Tempura auf Schwarzsesambrötchen«.

➔ LADEN EIN

Agnesviertel | www.laden-ein.com | Mo–Sa 12–22 Uhr | Blumenthalstr. 66 | Tel. 0157 51 63 25 12

TECHNO UND DINOSAURIER

Metallskulpturen von Dinosauriern, Bahngleise und das größte Bordell der Stadt bilden den aparten städtebaulichen Rahmen nicht weit vom Nippeser S-Bahnhof. Techno-Partys, Food-Festivals und skurrile Events wie ein Kettcar-Rennen stehen auf dem Kalender. Damit genießt der multifunktionale Club eine absolute Sonderstellung in Köln. Das Publikum ist entsprechend gemischt, wobei vor allem Neulinge die Sanitäranlagen skeptisch beäugen. Auf den Biergarten können sich alle einigen.

➔ ODONIEN

Nippes | www.odonien.de | geöffnet je nach Event | Hornstr. 85 | Tel. 0221 9 72 70 09

RUPPIGE LANDKÜCHE

Die Lage des Restaurants in einer ehemaligen Druckerei in Bayenthal ist nicht das Kuriose an diesem Lokal. Vielmehr ist es der französische Patron Gilles Berthier, der seine Gäste gerne etwas schroff behandelt. »Bitte« und »Danke« gehören ebensowenig zum Repertoire wie Reservierungsmöglichkeiten und Kartenzahlung. Dafür aber ist die einfache französische Landküche umso besser. Richtig toll ist es im Sommer, wenn der Garten geöffnet ist.

➔ L'IMPRIMERIE

€€€ | Bayenthal | Di–Fr 12–14.30, 18.30–22.30, Sa nur abends | Cäsarstr. 58 | Tel. 0221 3 48 13 01

DER POTT WIRD ERWACHSEN

Der Ruhrpott steht für Kohle, Fußball und Currywurst. In der Südstadt aber dient das Ruhrgebiet neuerdings als Referenz für eine Feinschmeckeradresse. Das mutet merkwürdig an, aber nicht sehr lange: Anstelle von Malocher-Speisen gibt es durchdachte Menüs mit drei bis fünf Gängen und Inspiration aus dem gesamten Deutschland. Eine schick-reduzierte Einrichtung sorgt für zusätzliches Wohlbefinden. Glückauf!

➔ POTTKIND

Südstadt | www.pottkind-restaurant.de | Di–Sa ab 18 Uhr | Darmstädter Str. 9 | Tel. 0221 42 31 80 30

HAT STIL

In diesem Ambiente schmeckt's gleich besser

ZEITREISE

Sie mögen funky Sounds der 60er- und 70er-Jahre? Sie stehen auf Tapeten mit Retro-Mustern? Und manchmal lassen Sie sich auch gerne in einem Separee nieder? Klingt so, als hätten Sie das Potenzial zum Stammkunden in dieser cool designten Retro-Höhle. Hier ist die Stimmung auch am Wochenende recht entspannt.

➔ SCHEINBAR

Belgisches Viertel | Mo–Do 20–2, Fr, Sa 20–4.30, So 20–1 Uhr | Brüsseler Str. 10 | Tel. 0221 9232048

PSYCHEDELISCH MIT PFIFF

Kristalllüster, Spiegelkacheln, formschöne Sitzmöbel und Wände in Gold- und Brauntönen. Das extravagante Interieur könnte Modell stehen für Zeitschriften über Innenarchitektur. Probieren Sie einen Cocktail, der die leicht psychedelische Wahrnehmung noch weiter verstärkt: einen Black Mamba INSIDER TIPP mit hausgemachtem Heidelbeer-Tequila. Wenn dann die »Gebackene Wachtelbrust mit Belugalinsen und Brioche« aus der Küche kommt, ist das sinnliche Erlebnis perfekt.

➔ NADA

€€€ | Agnesviertel | www.nadakoeln.de | Mo–Sa ab 17 Uhr | Clever Str. 32 | Tel. 0221 88899944

STEAK UND STUCK

Belgischer Jugendstil in Vollendung. Der Begriff Bar wird hier eher französisch ausgelegt, denn unter Stuckdecken und Kronleuchtern wird ungezwungen gegessen. Das Steak Frites ist eine verlässliche Größe. Sie sollten jedoch unbedingt Platz für ein Eis lassen, das im Foyer des Lokals auch für den Straßenverkauf angeboten wird.

➔ BAR SCHMITZ

Belgisches Viertel | www.salonschmitz.com | tgl. ab 11 Uhr | Aachener Str. 34 | Tel. 0221 133898

MOLEKULAR-COCKTAILS

Sie wollen jemanden beeindrucken? Dann steuern Sie diese diskret beleuchtete Cocktailbar mit Speakeasy-Atmosphäre an und bestellen Sie den Witches Crew. Der wird in einem Totenkopf aus Glas serviert, dampft und riecht nach Weihrauch. Ein garantiert einzigartiges Gesöff. Auch nicht zu verachten ist der in Reagenzgläsern servierte Goldene Schuss.

➔ LITTLE LINK

€€€ | Belgisches Viertel | www.littlelink.de | Mo–Sa 19 bis mindestens 2 Uhr, So 18–24 Uhr | Maastrichter Str. 20 | Tel. 0162 7833366

Mondän

Stuck, Kronleuchter, Jugendstil – in der Bar Schmitz können Sie Ihren inneren Dandy rauslassen

JUGENDSTILTAPETE

Grasgrüne Wände, Blümchen-Vogel-Tapete im Jugendstildesign und ein Interieur im 1950er-/60er-Jahre-Look – das Kuen zeigt schon optisch Profil. Aber der beliebte Treff mit wohnzimmerähnlichem Wohlfühlambiente in einem Altbau in Nippes weiß auch musikalisch zu überzeugen: Ob Soul, Country, Punk oder Singer-Songwriter-Sound – die Musikauswahl setzt sich immer wohltuend vom üblichen Charts-Gedudel ab. Fast täglich legen DJs auf.

➔ **KUEN**

Nippes | www.kuenkneipe.de | Mo–Do 18–1, Fr, Sa, bis 3, So 15–21 Uhr | Kuenstr. 9 | Tel. 0163 6 97 05 99

GEWÖLBE IM GERLING-QUARTIER

Hotelbars? Kann man drauf verzichten. Falsch! Denn diese hier befindet sich im Qvest, Kölns vielleicht schönstem Hotel, das aber kaum ein Kölner kennt. Untergebracht ist es im alten Historischen Archiv der Stadt, dessen neogotische Gewölbe ein Augenschmaus sind. Die historische Note und puristische Innenarchitektur machen es zu einem der ungewöhnlichsten und schönsten Orte für einen Drink. Freitags kommen, nach Burkhard fragen – und die Drinks von INSIDER TIPP Kölns heimlichem Star-Mixer genießen.

➔ **BAR ROSSI**

City | www.qvest-hotel.com | tgl. ab 18 Uhr | Gereonskloster 12 | Tel. 0221 2 78 57 80

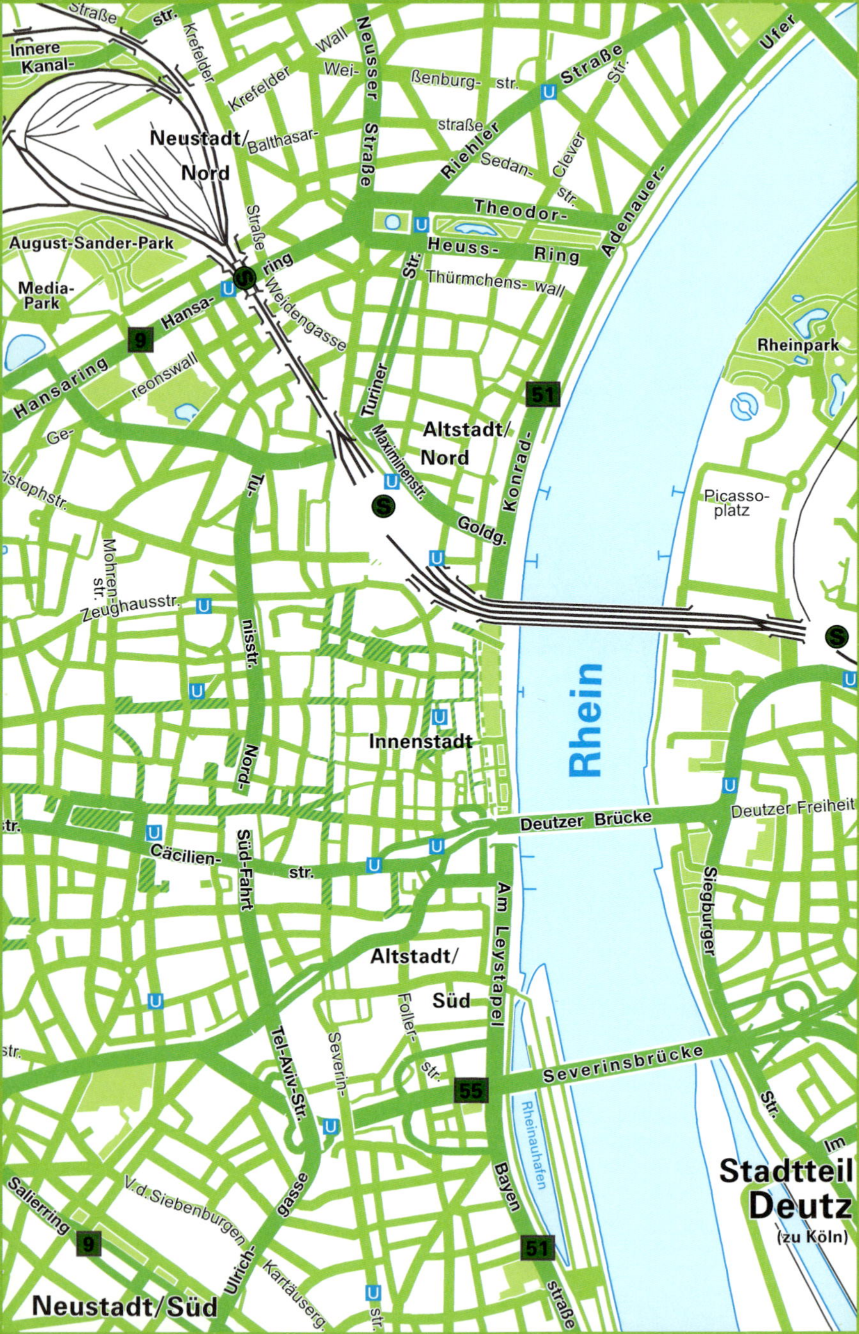

Innere Kanal-Straße
Krefelder Wall
Krefelder
Weißenburg-str.
Neusser Straße
Riehler Straße
Clever Str.
Ufer
Neustadt/Nord
Balthasar-straße
Sedan-str.
Theodor-Heuss-Ring
Adenauer-
August-Sander-Park
Media-Park
Hansa-ring
Hansaring
Weidengasse
Thürmchens-wall
Rheinpark
reonswall
Turiner Str.
Altstadt/Nord
Maximinenstr.
Konrad-
Goldg.
Picasso-platz
Christophstr.
Mohren-str.
Zeughausstr.
Tunisstr.
Rhein
Innenstadt
Nord-Süd-Fahrt
Deutzer Brücke
Deutzer Freiheit
Cäcilien-str.
Siegburger Str.
Am Leystapel
Altstadt/Süd
Follerstr.
Severin-str.
Tel-Aviv-Str.
Severinsbrücke
Rheinauhafen
Bayenstraße
Salierring
V.d.Siebenburgen
Ulrich-gasse
Kartäuserg.
Neustadt/Süd
Stadtteil Deutz
(zu Köln)
Im
9
51
55

DIE JAHRESZEITEN IM STADTVIERTEL-CHECK

Altstadt & City

1 Frühling

ES LEBE DAS WEGBIER!

Das Wegbier zählt zur DNA des Kölners. Zu Ihrer Verantwortung gehört es daher, den Fortbestand der Büdchen zu sichern, indem Sie an den ersten lauen Frühlingsabenden Ihre Spaziergänge am Rheinufer unterbrechen, um Ihren Flüssigkeitshaushalt zu regulieren. Fündig werden Sie an jeder zweiten oder dritten Straßenecke.

➔ RHEINUFER

Altstadt

2 Sommer

SCHÖN KÜHL UND SOOO RUHIG

In der City kann es im Sommer schon mal rummelig und drückend werden. Im Innenhof der Kirche St. Maria im Kapitol ist ein kurzfristiger Rückzug möglich. Hier lockt ein INSIDER TIPP Rosengarten. Außerdem ist es ruhig, kühl und sogar etwas schattig.

➔ ST. MARIA IM KAPITOL

Altstadt-Süd | www.maria-im-kapitol.de | Mo–Sa 9–18 Uhr | Kasinostr. 6 | Tel. 0221 21 46 15

3 Herbst

EINWEICHEN BIS ES SCHRUMPELT

Es fröstelt im Herbst, und Sie schwimmen gern zu jeder Jahreszeit? Dieses Bad ist dazu ideal. Besonders schön ist es bei Wind und Schneeregen in den Außenbecken: im heißen Solebad oder in den Stromschnellen!

➔ AGRIPPABAD

City | www.koelnbaeder.de | Mo–Fr 6.30–22.30, Sa, So 9–21 Uhr | Kämmergasse 1 | Tel. 0221 2 79 17 30

4 Winter

WETTERFESTER DOMBLICK

Einer der erhabensten Orte in der City ist das Kolumba. Die Architektur von Peter Zumthor gestattet einen tollen Blick auf den Dom – zu genießen bei jeder Wetterlage. Triste Winternachmittage sind in den Ausstellungssälen sofort vergessen.

➔ KOLUMBA

City | www.kolumba.de | Mi–Mo 12–17 Uhr | Kolumbastr. 4 | Tel. 0221 9 33 19 30

1

Frühling

FUNKY SHOPPING?

Die Boutiquen im Belgischen Viertel mögen schon im Alltag ein Zugpferd sein. Wann immer im Frühjahr die Fashion-Events Le Bloc und die Tour Belgique angesagt sind, wirkt Köln »funky« wie eine richtige Weltstadt. In den Boutiquen und Galerien legen DJs auf, und es wird viel Programm geboten. Im Kalender ankreuzen!

➔ LE BLOC & TOUR BELGIQUE

Belgisches Viertel | www.lebloc.de | www.le-tour-belgique.de

Belgisches Viertel & Kwartier Latäng

2 Sommer

STILVOLL DURCH DIE PARTYSAISON

Alle wollen im Sommer feiern, wie die Queen: Ihr bester Freund heiratet, die Mutter wird 60 und das Firmenjubiläum steht auch an. Wenn die passende Garderobe nicht von der Stange kommen soll, probieren Sie es mal mit Vintage. Eine gute Adresse dafür ist Galant, wo Norbert Ollig Anzüge, Accessoires und Stilberatung anbietet.

➔ GALANT

Belgisches Viertel | zwodrei.com/galant | Di–Sa 14–19 Uhr | Brüsseler Str. 49 | Tel. 0163 8111155

3 Herbst

DIE LETZTEN SONNENSTRAHLEN

Die schöne Jahreszeit geht bald zu Ende? Höchste Zeit, noch mal auf dem Rathenauplatz einzuchecken. Der Geruch des fallenden Laubs und die letzten Sonnenstrahlen machen die Barterrassen und den Platz so schön melancholisch.

➔ RATHENAUPLATZ

Kwartier Latäng | www.rathenauplatz.de | bei schönem Wetter Biergarten | Tel. 0221 8017349

4 Winter

BIO-GLÜHWEIN

Sie halten den Kommerz auf den Weihnachtsmärkten für unerträglich? Auf dem adventlichen Markt am Stadtgarten geht es gemütlich zu, ja fast ein bisschen familiär. So darf der Winter ewig dauern.

➔ WEIHNACHTSMARKT STADTGARTEN

Belgisches Viertel | Ende November–23. Dezember | Stadtgarten

Südstadt

1 Frühling

GRILL-SCHWADEN

Sie haben den Dunst vermisst, der über den Weiher im Volksgarten zieht? Nun, damit ist es vorbei, wenn die ersten schönen Tage des Jahres da sind. Also Einweggrill besorgen und die Flipflops aus dem Schrank holen! Und auf geht's in den Volksgarten! Kinderspielplatz und Biergarten fördern ebenfalls die ersten Frühlingsgefühle und die Vorfreude auf den Sommer.

➔ VOLKSGARTEN

Biergarten ab 11.30 Uhr bei schönem Wetter

3 Herbst

KÖLSCHES EINKAUFSJEFÖHL

Die Einkaufsstraßen dieser Welt sind alle gleich? Nicht so die Severinstraße, die von den Anwohnern liebevoll als »Champs Elysees der Südstadt« bezeichnet wird. Im Herbst in der Stadtfestsaison ist der schmalste Boulevard der Stadt besonders voll.

➔ SEVERINSTRASSE

severinsviertel.info

2

Sommer

RUHIGER RHEINBLICK, WINDGEKÜHLT

Kühne Bauten, autofreie Wege und ein herrlicher Blick auf den Fluss. All das bietet der Rheinauhafen den Kölnern. Hier weht oft eine ziemlich frische Brise, weshalb Sie zum INSIDER TIPP Open-Air-Kino, Radeln oder Flanieren unbedingt die heißeren Sommertage nutzen sollten.

➔ **RHEINAUHAFEN**

www.rheinauhafen-koeln.de, koeln.openairkino.de

4

Winter

KÖLLE ALAAF ...

Echte Karnevalisten halten die Weihnachtszeit für überflüssig. Entsprechend vibriert die Südstadt schon bald nach Jahresbeginn. Ob in der Torburg, im Backes, in der Ubierschänke oder im Mainzer Hof: Irgendwo in der Nähe des frisch aufgehübschten Chlodwigplatzes wird immer geschunkelt.

➔ **CHLODWIGPLATZ**

www.lossmersinge.de

Eigelstein & Agnesviertel

1 Frühling

KUNST IM GRÜNEN

Grünflächen und ein großes Kunstangebot gehören zu den Vorzügen Kölns. Im Skulpturenpark wächst beides zusammen. Ein Teil der Ausstellungsstücke wechselt alle zwei Jahre – Grund genug, hier ein paar schöne Frühlingsstunden zu verbringen.

➔ SKULPTURENPARK

Agnesviertel | www.skulpturenpark koeln.de | tgl. 10.30–19 Uhr, im Winter bis 17 Uhr | Riehler Str. (Haupteingang) | Tel. 0221 33 66 88 60

2 Sommer

PROMENIEREN WIE IN PARIS

Manche Straßen erinnern geradezu schmerzhaft daran, wie schön Köln einst gewesen sein muss. Überzeugen Sie sich in der Weißenburgstraße: Jugendstilfassaden, alte Baumsubstanz und in der Mitte der Straße ein Grünstreifen – fast wie im Sommer in Paris.

➔ WEISSENBURGSTRASSE

Agnesviertel

3 Herbst

ZEIT FÜR GROSSE TATEN – AUF DER LEINWAND

Draußen stürmt und regnet es herbstlich? Das klingt nach einem Tag für die Filmpalette und ihre intime Behaglichkeit, die an der Decke von der Illusion eines Sternenhimmels abgerundet wird. Ein gutes Arthaus-Filmprogramm ist Standard.

➔ FILMPALETTE

Eigelstein | www.filmpalette-koeln.de | Lübecker Str. 15 | Tel. 0221 12 21 12

4 Winter

PLAUDEREI AM PLATTENTELLER

An einem besonders tristen Tag kann ein Besuch im Plattenladen Underdog Records vom endlos scheinenden Winter ablenken. Hier sollen schon Freundschaften fürs Leben entstanden sein. Auf jeden Fall aber gibt es INSIDER TIPP Stoff für die Musikanlage im sinnlichen Analogformat.

➔ UNDERDOG RECORD STORE

www.underdogrecordstore.de | Mo–Fr 11.30–19, Sa 12–18 Uhr | Ritterstr. 52 | Tel. 0221 13 13 43

Ehrenfeld

1 Frühling

OPEN-AIR-MUSEUM

Street Art ist in aller Munde – und Ehrenfeld ist mit Abstand Kölns coolstes Freilichtmuseum für diese Kunstform. An Hauswänden und Mauern sind Werke von Branchen-Stars wie Faith47, ROA oder Herakut zu sehen. Perfekt für eine Erkundungstour im Frühling. Die gesichteten Werke können Sie anschließend mit Verzeichnissen abgleichen, oder Sie planen Ihre Tour mit Hilfe unten genannter Seite.

➔ STREET ART

www.koeln.de (Suchbegriffe »Street Art« und »Ehrenfeld« eingeben)

2 Sommer

TEXTILIEN FÜR LOKALPATRIOTEN

Ehrenfeld besitzt die hippsten Klamottenläden. Egal ob Herrenbude, Rock-it-Baby (für Damen) oder Ehrenfeld Apparel (für beide Geschlechter). Wer etwas auf sich hält, erneuert seine Sommergarderobe mit Kreationen aus dem Veedel.

➔ BOUTIQUEN

www.herrenbude.de und www.rock-it-baby.de und www.ehrenfeld-apparel.net

3 Herbst

MÖGEN SIE IN FRIEDEN RUHEN ...

Sie haben manchmal Lust auf morbide Stimmungen? Dann gibt es nichts Passenderes als den Melatenfriedhof. Die schönste unter Kölns letzten Ruhestätten entfaltet ihre Wirkung vor allem bei herbstlichem Nebel. Anschließend kehren Sie garantiert gerne ins wahre Leben zurück.

➔ MELATENFRIEDHOF

Ehrenfeld und Lindenthal | www.melatenfriedhof.de | im Herbst 8–19 Uhr | Weinsbergstr. 146 | Tel. 0221 5707488

4 Winter

ASIATISCHE WELLNESS

Eine stilvolle Saunalandschaft, ein Zen-Garten und ein japanisches Kaskadenbad. Dies allein reicht schon, um einen grauen Wintertag zu retten. Die historische Badeanstalt in Ehrenfeld lockt zur Abrundung des Urlaubs vom Winter mit Fitness-Center und Restaurant.

➔ NEPTUNBAD

Ehrenfeld | www.neptunbad.de | tgl. 9–24 Uhr | Neptunplatz 1 | Tel. 0221 710071 | 4 Stunden ab 26,50 Euro

1

Frühling

FOTOGENER NACHWUCHS

Bauzäune flankieren die Kanäle? Das ist ein sicheres Anzeichen dafür, dass die elegantesten Anwohner gerade ihren Nachwuchs ausbrüten. Sobald die Jungschwäne geboren sind, kommen die Fotografen.

➔ **CLARENBACHKANAL & RAUTENSTRAUCHKANAL**

Lindenthal | www.schwaene.koeln

2

Sommer

PICKNICK IM GRÜNEN

Der Militärring mag als unüberwindbares Hindernis erscheinen. Doch an einem lauen Sommerabend duftet es drüben im Äußeren Grüngürtel verlockend nach frisch gemähten Wiesen und Kornfeldern. Toll für ein Picknick im Sommer!

➔ **ÄUSSERER GRÜNGÜRTEL**

Lindenthal und Klettenberg | **auf dem Gebiet des äußeren Befestigungsrings**

Lindenthal, Sülz & Klettenberg

4 Winter

AB IN DIE ERSATZEIFEL

Zugegeben: Die Eifel ist nah. Doch wenn mal Schnee gefallen ist, eignen sich auch die Hügel im Beethovenpark zum Schlittenfahren.

➔ BEETHOVENPARK

Sülz | zwischen Neuenhöfer Allee und Militärring

3 Herbst

MER STONN ZO DIR

Vor der Winterpause noch mal zum »Effzeh«, nach dem Motto, jetzt erst recht. Sollte das Stadion ausverkauft sein oder das Geld für die Karten nicht mehr in der Portokasse, gibt es eine schöne Alternative: den Adenauerweiher nebenan. Der Besuch ist kostenlos – und INSIDER TIPP auch hier hören Sie sehr genau, wenn das Trömmelchen geht.

➔ RHEINENERGIESTADION

Lindenthal | www.rheinenergiestadion.de

Deutz, Kalk & Mülheim

1 Frühling

SONNENBAD MIT DOMBLICK

Planung, Bau und Ausführung liefen nicht ganz planmäßig. Aber das kennt man ja aus Köln. Nun jedoch, da die weitläufige Treppe mit Blick auf den Dom fertig ist, wäre es töricht, sie nicht spätestens dann zu nutzen, wenn die Kraft der Sonne einen gesunden Teint verspricht.

➔ **RHEINBOULEVARD**
Deutz | zwischen Hohenzollernbrücke und Deutzer Brücke

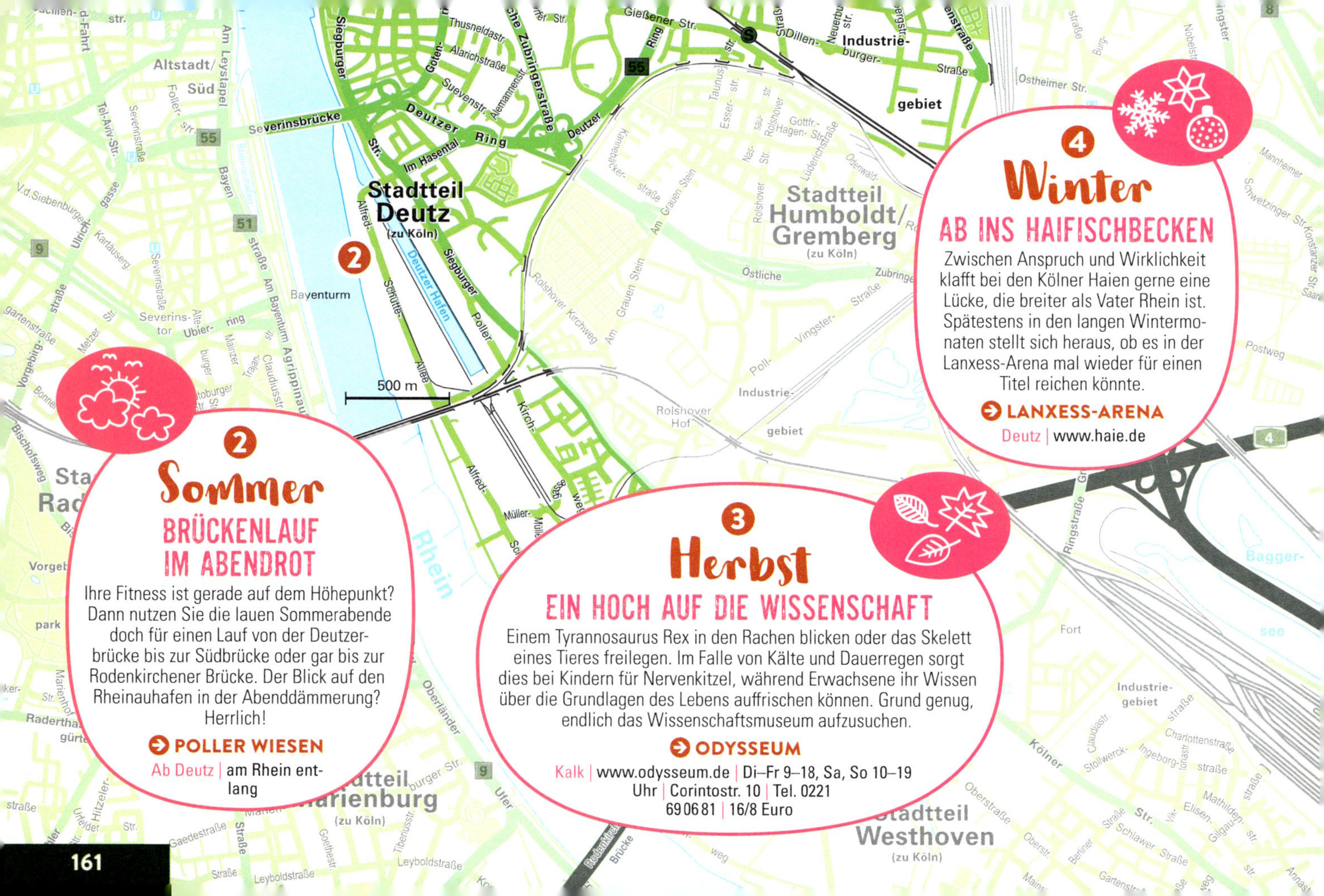

2 Sommer

BRÜCKENLAUF IM ABENDROT

Ihre Fitness ist gerade auf dem Höhepunkt? Dann nutzen Sie die lauen Sommerabende doch für einen Lauf von der Deutzerbrücke bis zur Südbrücke oder gar bis zur Rodenkirchener Brücke. Der Blick auf den Rheinauhafen in der Abenddämmerung? Herrlich!

POLLER WIESEN

Ab Deutz | am Rhein entlang

3 Herbst

EIN HOCH AUF DIE WISSENSCHAFT

Einem Tyrannosaurus Rex in den Rachen blicken oder das Skelett eines Tieres freilegen. Im Falle von Kälte und Dauerregen sorgt dies bei Kindern für Nervenkitzel, während Erwachsene ihr Wissen über die Grundlagen des Lebens auffrischen können. Grund genug, endlich das Wissenschaftsmuseum aufzusuchen.

ODYSSEUM

Kalk | www.odysseum.de | Di–Fr 9–18, Sa, So 10–19 Uhr | Corintostr. 10 | Tel. 0221 69 06 81 | 16/8 Euro

4 Winter

AB INS HAIFISCHBECKEN

Zwischen Anspruch und Wirklichkeit klafft bei den Kölner Haien gerne eine Lücke, die breiter als Vater Rhein ist. Spätestens in den langen Wintermonaten stellt sich heraus, ob es in der Lanxess-Arena mal wieder für einen Titel reichen könnte.

LANXESS-ARENA

Deutz | www.haie.de

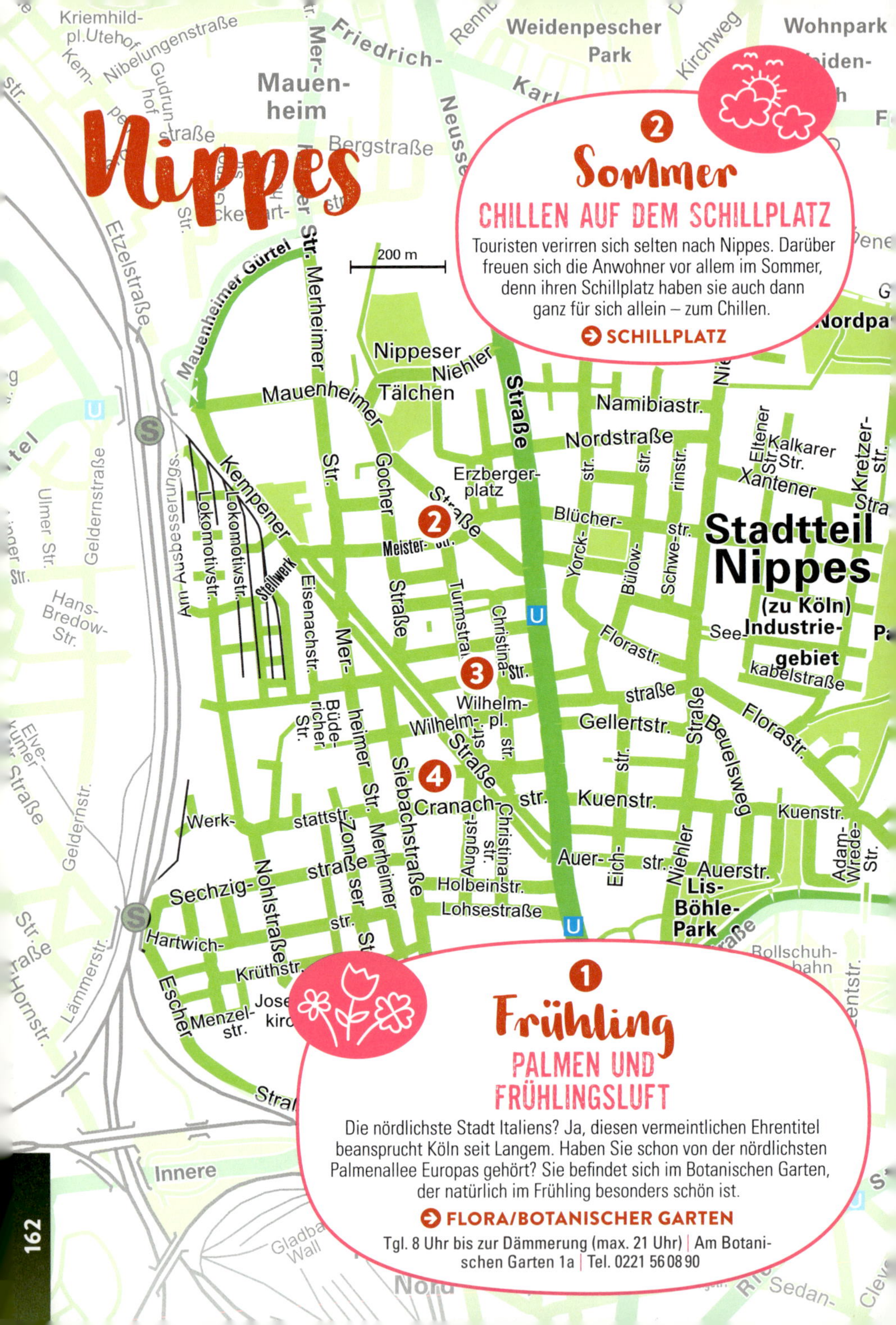

2 Sommer

CHILLEN AUF DEM SCHILLPLATZ

Touristen verirren sich selten nach Nippes. Darüber freuen sich die Anwohner vor allem im Sommer, denn ihren Schillplatz haben sie auch dann ganz für sich allein – zum Chillen.

➔ **SCHILLPLATZ**

1 Frühling

PALMEN UND FRÜHLINGSLUFT

Die nördlichste Stadt Italiens? Ja, diesen vermeintlichen Ehrentitel beansprucht Köln seit Langem. Haben Sie schon von der nördlichsten Palmenallee Europas gehört? Sie befindet sich im Botanischen Garten, der natürlich im Frühling besonders schön ist.

➔ **FLORA/BOTANISCHER GARTEN**

Tgl. 8 Uhr bis zur Dämmerung (max. 21 Uhr) | Am Botanischen Garten 1a | Tel. 0221 56 08 90

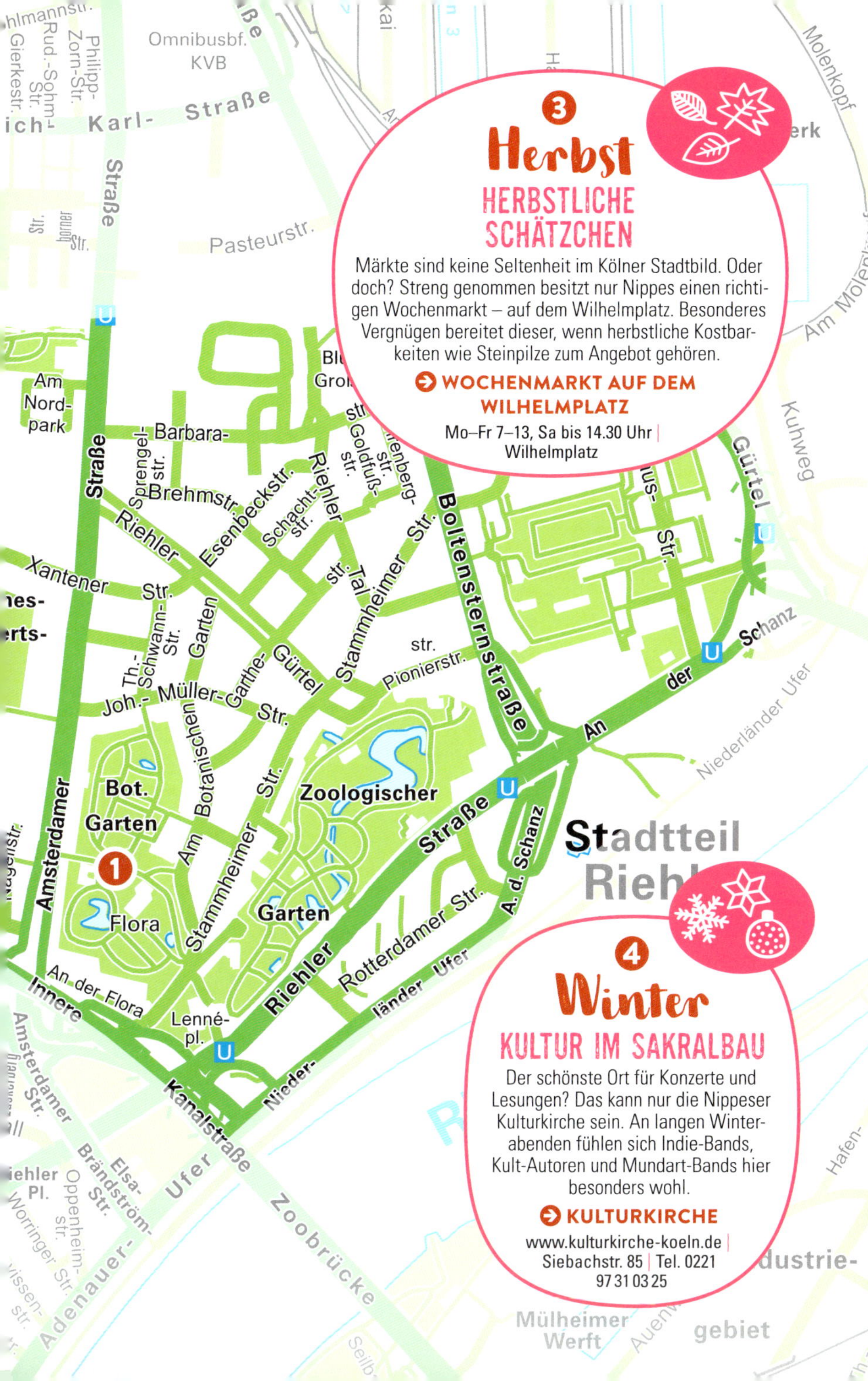

3

Herbst

HERBSTLICHE SCHÄTZCHEN

Märkte sind keine Seltenheit im Kölner Stadtbild. Oder doch? Streng genommen besitzt nur Nippes einen richtigen Wochenmarkt – auf dem Wilhelmplatz. Besonderes Vergnügen bereitet dieser, wenn herbstliche Kostbarkeiten wie Steinpilze zum Angebot gehören.

➔ WOCHENMARKT AUF DEM WILHELMPLATZ

Mo–Fr 7–13, Sa bis 14.30 Uhr | Wilhelmplatz

4

Winter

KULTUR IM SAKRALBAU

Der schönste Ort für Konzerte und Lesungen? Das kann nur die Nippeser Kulturkirche sein. An langen Winterabenden fühlen sich Indie-Bands, Kult-Autoren und Mundart-Bands hier besonders wohl.

➔ KULTURKIRCHE

www.kulturkirche-koeln.de | Siebachstr. 85 | Tel. 0221 97 31 03 25

Register

FSC
www.fsc.org
MIX
Paper from responsible sources
FSC® C015829

Impressum

14. Auflage 2020, Beste Stadt der Welt – Köln 2020 (Cityguides)
© MAIRDUMONT, Ostfildern
Gesamtredaktionelle Betreuung: derschönstesatz (Lucia Rojas)
Lektorat: Simone Nörling
Autor: Ralf Johnen
Autoren/Mitarbeit bis 11. Auflage – Köln für Kölner (Cityguides): Ralf Johnen, Jutta Gay, Martin Klein, Sarah Maschek, Ingo Neumayer, Jürgen Raap, Susanne Ruprecht, Belinda Steiert
Fotografen: Karsten Lindemann, Anna Siggelkow, Susanne Troll
Bildredaktion: Anja Schlatterer
Kartografie Touren- und Stadtviertelkarten: © MAIRDUMONT, Ostfildern
Vermarktung: MAIRDUMONT MEDIA, media@mairdumont.com
Gestaltung Cover: Langenstein Communication GmbH, Ludwigsburg
Innengestaltung: Superherogroup, Stuttgart

Printed in Italy.

BILDNACHWEIS

huber-images: S. Lubenow (28), M. Rellini (126); R. Johnen (168 o. li.); K. Lindemann (Klappe li., Klappe u., 8, 15, 24 u., 34, 37, 48, 52, 54, 70, 87, 88 u., 98, 101, 115, 118, 122, 141, 142, 168 u. re.); mauritius images: (112/113), N. Frei (123), haag+kropp (134 re.), A. Killian (88 o.), Schöttger (74); mauritius images/age fotostock: vedrosn (106); mauritius images/Alamy: AKP photos (125), D. Barba (132), S. Burford (47), S. Fesenko (7 u.), S. French (42), N. Kostenyukova (140), E. Lattes (19 u. li.), H. Sessions (24 o., 30), M. Tielemanns (92), W. Wiskerke (53), Zoonar (100, 110); mauritius images/artpartner (39, 73 o.); mauritius images/chromorange: B. Kägi (76); mauritius images/Cultura: (11), Manuela (41); mauritius images/foodcollection (19 u. re., 35, 36, 44, 67, 102, 104); mauritius images/imagebroker: S. Belcher (23 u.), C. Brignell (82), M. Brunner (72), creativ studio heinemann (68), foodcollection (14), M. Hauser (10), O. Maksymenko (134 li.), M. Redmann (62), M. Weber (26), A.-S. Wittwer (81 u.); mauritius images/photononstop: C. Abad (59 u.); mauritius images/pixtal (20); mauritius images/Travel Collection (103); mauritius images/Westend61 (56, 105), S. Kranfeld (109); mauritius images/weststudios (65); A. Siggelkow (Klappe re., 7 o., 18, 31, 38, 59 o., 66, 97, 111, 117, 121, 131, 145, 168 o. re.); S. Troll (12, 17, 23 o., 33, 51, 60, 64, 73 u., 75, 81 o., 84, 91, 95, 108, 129, 133, 137, 138, 168 u. li.)

SCHREIBEN SIE UNS!

LIEBE LESERIN, LIEBER LESER
Wir setzen alles daran, Ihnen möglichst aktuelle Informationen zu geben. Dennoch schleichen sich manchmal Fehler ein – trotz gründlicher Recherche unserer Autoren/-innen.
Sie haben sicherlich Verständnis, dass der Verlag dafür keine Haftung übernehmen kann.
Wir freuen uns aber, wenn Sie uns schreiben:

Marco Polo Redaktion
MAIRDUMONT
Postfach 31 51
73751 Ostfildern,
info@marcopolo.de

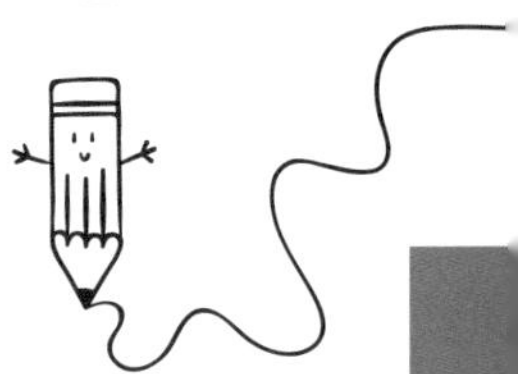

Autor und Fotografen

RALF JOHNEN

Die Suche nach der Kölner Seele ist für den Journalisten und Blogger eine Lebensaufgabe. Er fahndet fast ausschließlich zu Fuß und geht Hinweisen auf neue Clubs, Cafés, Bars, Restaurants und Food-Trends gewissenhaft nach. Bleiben heiße Spuren mal aus, versorgen ihn redselige Rheinländer in den Brauhäusern verlässlich mit frischen Erkenntnissen.

ANNA SIGGELKOW

Früher in den Clubs der Stadt unterwegs, freut sich die Fotografin, nun die Stadt bei Tag zu erkunden. Vor allem Ehrenfeld mit seiner tollen Szene hat es ihr angetan. Mit einem Eis von der Eisdielerin schlendert sie gern durchs Veedel und lässt sich inspirieren.

KARSTEN LINDEMANN

Der Fotograf ist viel unterwegs und kommt immer gerne nach Köln zurück, besonders wenn der Frühling mit seinem warmen Licht die Stadt neu aufblühen lässt und einlädt, teilzunehmen am Schauspiel der Begegnungen auf den Straßen und in den zahlreichen Parks.

SUSANNE TROLL

Auch wenn die gebürtige Fränkin bis heute mit der kölschen Mundart kämpft, liebt sie ihre Wahlheimat, die Menschen und deren Geschichten. Als Fotografin schätzt sie nicht nur die ›Hauptdarsteller‹, sondern auch die kleinen, nebensächlichen Dinge.